JN122475

ラブオールプレー

君は輝く!

小瀬木麻美

ポプラ文庫ピュアフル

Contents

目　次

自分の立ち位置を知る瞬間がある。
努力をどれほど重ねても、諦めず挑み続けても、
どうしたってこの壁を越えられないことを
心身に刻まれたその時、俺は「絶望」という言葉を実感した。
しかし、彼は言った。
この年で「絶望」を経験できたことが幸せだ。
お前もそれを宝物にしろ、と。
絶望は終わりという意味じゃない。
次の希望を胸に抱け、という神様からのメッセージだと。

第一章　チームメイト

お前、マジ、面倒くさいんだよ。

航輝《こうき》は、ネットを挟んで疲れのかけらも見せず動き回る水嶋《みずしま》に、できることなら直接そう言ってやりたかった。

横浜湊《よこはまみなと》高校バドミントン部に入部して、初めてのランキング戦。

日々の練習で実感していたのは、部員それぞれの向上心の強さと、航輝には少々むず痒いほどのまっすぐな熱さ。

特にタメの連中ときたら。

ちょっと距離をおいたぐらいでは振り払えないほどの熱量をまき散らし、それを恥じらうこともない。

中でもとびきりバドミントンバカなのが、この水嶋亮《りょう》。

同じタメのチームメイト、榊翔平《さかきしょうへい》のようにわかりやすい熱ならまだ扱いやすいが、水嶋の熱さはとてもわかりづらい。

榊が真っ赤に燃えたぎる炎なら、水嶋は、より高温なくせにどこか冷たさも見せる、青白く光る炎。ストイックな熱さ、とでもいうのか。

驚くべき速さで成長を続ける、自らに対する羨望や嫉妬には無関心。強くなりたい、と一秒を惜しむようにまっすぐ高みを目指す男。

どちらにしても、どんな色の炎も持たない航輝には、しょっぱすぎる。だから、いつもはできるだけ視線を外しているが、こんなふうにコートで向き合えば、さすがに目を逸らすわけにもいかない。

中三の秋から入学までの体験練習で水嶋とシャトルを打ち合った時は、他のタメに比べるとなんかふつう、それが航輝の水嶋に対する正直な感想だった。

なのに。

いつの間に、こいつはこんなに強くなった？

教科書通りでつまらない、と皮肉を浴びせられるほど基本に忠実な美しいフォーム、冷静で、忍耐強く丁寧なバドミントン。それが航輝の持ち味だ。

その特性を活かし、コースを選び緩急をつけ、相手コートの綻びを広げるためにラリーをコントロールしたいのに、水嶋は、こちらのペースにまったくはまってくれない。

さすがに汗の量は半端じゃないが、息をひどく乱すこともない。

どれだけ振り回しても、戻りは素早く正確で、一打ごとにむしろその躍動感は高まり、気づけば手元にあったはずのラリーの主導権を奪われている。

何度かそれが繰り返され、持ち前の冷静さが少しずつ削られていくのが、自分でもよくわかり、航輝は焦りを感じはじめていた。

ラリーの切れ目、掌で汗を拭《ぬぐ》い、少し大回りにホームポジションに向かいながらリズムを整えるように間合いをとった。

冷静になれ。

小さく息を吸い、そっと吐く。

ホームポジションにつき、相手コートの水嶋を見すえる。水嶋も同じタイミングでこちらを見た。視線が絡み合う。

ああ、あの目。

すべてを吸収しようとするような、一途《いちず》、いや貪欲な視線。

怖い。

それなのに、不思議なことに妙な心地よさもある。

それが、もっと怖い。

ランキング戦の初《しょ》っ端《ぱな》からしばらく、水嶋は、それほど力に差がない先輩たちから立て続けに星を落としていた。ところがシングルスでは部内でナンバー2の横川《よこかわ》さんと対戦した直後から見違えるように粘り強いバドをするようになり、絶対的エース遊佐《ゆさ》さんと対戦してからは、そのプレーに柔らかさと華やかさが加わった。安定したメンタルが持ち味の部長の本郷《ほんごう》さんからは、追い込まれても焦りを見せずにやりすごす駆け引きのうまさを手に入れ、しかもその戦いでは、ファイナルをものにして勝ちをもぎ取り周囲を驚かせた。

つまり、自分より優れた者と相対すれば、必ずその経験を自らに取り込み消化している。しかも驚異的な速さで。

そして。

この試合、水嶋は、一皮も二皮も剝《む》けたように、その強さを見せつけている。よりによって、その相手をさせられる自分はいい迷惑だ、と正直航輝は思う。もっと早く当たっていれば、きっと、あっさり勝てたはずだ。何かしら持っていかれはしただろうけど。

試合を終えた他の部員たちは、全員、ひときわ長引いているこのコートを見守っていた。監督の海老原《えびはら》先生は、試合を終えた者から順に部活を終えていいと許可を出していた。だから、皆、自分の意志で体育館に居残っていることになる。最後に体育館の掃除があるタメだけじゃなく、何の制約もない先輩たちまで。

何がそれほど、皆をここに引き留めるのか。

次の大会のシングルスレギュラー入り三位までは、この試合の結果にかかわらずすでに決定している。

エースの遊佐賢人《けんと》、その相方の横川祐介《ゆうすけ》。この二人は二年でありながら、シングルスでも一位と二位なら、ダブルスでも無傷で一位。

三年で先輩の矜持を守ったのは、シングルスとダブルスで三位につけた本郷さんだけ。それでも、誰も文句など言わない。圧倒的な力の差を見せつけられたのだから。

努力を怠らない天才と、その天才を支えながら一方でその座を脅かす相方。みな、尊敬と憧れをもって、この二人を見ている。

もっとも、遊佐賢人は全中二連覇。ここへ入学してくる前から、押しも押されもしないスーパースターで、横川祐介も全中ベスト8。

その二人がここで出会いダブルスを組んでから一年ほどだが、すでに昨年のインターハイで結果を出し、今年は優勝を狙えるのでは、と噂されているほどだ。

チーム内でのランキング戦など、この二人にはたいして意味がない、と言っても過言じゃない。

シングルスのトップ3は揺るがない。それは、ランキング戦の前からわかっていたこと。ダブルスも似たようなものだ。結果はすでに昨日までに出ていて、予想どおり。

遊佐・横川についで二位につけたのは、航輝とはタメの双子のダブルス、通称ツインズ。彼らも全中でベスト4。入部と同時に即戦力として期待されていた。つまり、このランキング戦での結果は、彼らの実力からすれば順当。そして三位は三年の本郷・吉村《よしむら》。昨年の県大会二位、インターハイにも出場、とこちらもすでに結果を出しているペアだ。

誰がシングルス戦で四位につくか、混沌としているのはそこだけ。

四位につけられれば、大会の種類によってはベンチにも入れるし出場機会もあるかもしれない。

航輝も、それを狙っていた。

しかし、どうしても、というほどではない。そうなればいいな、くらいの気持ちだ。

帰国子女で、日本でどんな実績も持たない航輝は、先輩たちにも、うまいよねとは言われるが、たとえばダブルスでは全国区のツインズのように、一年でも無条件にその力を認められるというようなことはない。極端に言えば、ランキング戦で勝っても、実力というより、たまたまだと思われているはず。

だから、ちょっとした星の違いで先輩の妬《ねた》みをかうのは面倒な気がするし、夏が終われば三年は引退、あと少し待てば、その座はもっと自然な形で転がりこむはずだ。

それくらいの安易な気持ちで臨んだこの一戦で、こうも激闘になり、そのポーカーフェイスとは裏腹な水嶋のプレーに煽《あお》られ、かつて経験がないほど必死になり、見ている他の部員まで興奮させることになるなんて、本当にやっていられない。

だけど、どうしてなのか、この試合を諦めることができない。

シューズがコートをこするスキール音、自らのせっぱつまった呼吸の音、シャトルをうまくとらえた時の、スパッ、と小気味いい音。

すべてが、幼い頃から耳慣れている音。

だけど、今日はそれに、自然と口をついて出てくる自分の気合の声が何度も重なる。

何もかもが、熱い。

マジ、鬱陶《うっとう》しい。

汗が噴き出し、拭う間もなく床を濡らす。すでにシャツは汗の重みで不快指数百パーセント超え。

だけど、くらいついてしまう。放っておけばラインを割っていくかもしれない球にさえ飛び込んでいってしまう。

　負けたくない。

　諦めたくない。

　自分らしくないと思いながら、航輝は、最後の一打まで足を動かしシャトルを追い続けた。

　ファイナルを、25－27で水嶋にとられた瞬間、航輝は、今までに味わったことのないひどく深い切なさを感じた。

　どんな結果も、ただの結果としか受け止めたことのない航輝には、初めて味わう熱さと苦さを伴った感情。

　二人を称《たた》えるように周囲から自然と沸き上がった拍手に憎しみさえ感じ、さらっと作り笑いでこの場をやり過ごせない自分に戸惑う。

　早く一人になりたい。けれど、練習後の後片付けと掃除は、一年生の仕事。

　疲れ切った体と、それ以上にへこんだ心をごまかしながら、航輝は、ちょっかいをかけてくるツインズの片割れ、陽次《ようじ》を視線で追いやり、黙々と体育館の床にモップをかけた。

　むしろ、いつもより丁寧に。どうせここで急いでも、先輩たちの着替えで部室は満員のはず。自分にそう言い聞かせながら。

　頃合いを見計らって、掃除終わりにじゃれ合っているタメの連中から逃げるように、一人で部室に戻った。制汗剤をいつもの倍はスプレーして手早く着替えをすませた。

まだ部室に居残っている何人かの先輩たちに、お疲れ様でしたと頭を下げ、遊佐さんあたりに何かちょっかいを出される前に踵《きびす》を返した。

けれど、外に出ると、待っていたように榊がそこにいた。

「いい試合だった。あんなバド、お前もやるんだな。俺、ちょっとお前のこと好きになったよ」

なんだ？

お前は、水嶋一筋のはず。俺のことは放っておいてくれ。それにそんな爽やかに微笑まれても、気持ち悪いだけ。お前の、なんていうかその暑苦しく馴れ馴れしい感じ、俺、苦手なんだよ。

航輝は心に浮かんだそんな言葉をすべてのみこみ、スッと顎を引き、ただこう返した。

「お疲れ。今日は用事あるから、先に帰る」

直後に、水嶋がツインズと連れだって部室に戻ってきた。

榊は、航輝に軽く右手を上げた後、満面の笑みを浮かべ水嶋に駆け寄る。

「今日のゲーム、最高だったよ。さすが俺の相棒」

「抱きつくなよ、暑苦しい。早く着替えてさっぱりしたいんだよ」

水嶋は眉根を寄せ、右手で榊を払っている。だけど、その顔はそう嫌そうでもない。

ツインズが二人をからかいながら、その周囲でじゃれあっている。もう一人のタメの内《うち》田《だ》輝《あきら》の姿が見えないのは、おそらく、海老原先生に呼ばれたのだろう。

高校からバドミントンを始めた彼には、インターハイの優勝を狙っているここでの練習は相当厳しいはずだが、弱音を吐いたこともないし、いつも楽しそうだ。

しかも、学年トップクラスの成績が証明しているその聡明さと温和な性格をかわれ、輝は、いつの間にか気づけばマネージャーを兼任し、海老原先生の懐刀となっている。

今のチームも、これからを担っていくだろう次の世代も、個性的でしかもバランスのとれたいいチームだと思う。

けれど、相棒、仲間、そんな言葉でつながって群れるのは、自分には一生無理かもしれない。

航輝はため息をのみ込み、薄闇に包まれたグラウンドの人工芝を横切り校門を出て、一人で駅に向かう。

タメでかたまって帰ることも多い。本当はいつも一人がいいのだが、それを実践するほど頑《かたく》なにもなれない。

けれど、今日はどうしたって一人がいい。あの切ない、それでいて自分をも憎むような激しい感情を、客観的に消化できるまでは。

そんな想いで胸がいっぱいだった。

洋食屋　海晴亭《みはるてい》
航輝は、少し色褪せた、おそらくそのおかげで、ほんのりと温かみのある看板に目を細める。
店先には洒落《しゃれ》たコルクボードが置かれ、本日のお薦め料理の手書きメニューが貼ってあった。

特製オムライス　サラダ・スープ付　８８０円
ポークカレー　サラダ・スープ付　８４０円
カルボナーラ　サラダ・パン付　８４０円

確かに安い。ランチ並みの値段だ。

これで噂どおりの味なら、いい店を見つけたことになる。週に一、二度通っても、父親からもらっている食費を圧迫することはない。

航輝は、ジーンズのポケットにつっこんだままの財布を左手で確かめながら、小さく頷《うなず》く。

それほど食に関心があるわけじゃない。むしろ、腹が満たされればなんでもいいと思っている。それでも、カップ麺とコンビニ弁当、それに牛丼の繰り返しにはさすがに飽きてきていた。それに、仮にもアスリートとして、栄養バランスに問題があるのでは、と不安にもなってくる。かといって自分で作ることができるのは、インスタントラーメンぐらいだ。

そんな航輝にマンションの管理人の森川《もりかわ》さんが教えてくれたのが、ここ、海晴亭。手ごろな値段で、美味しい洋食がお腹いっぱい食べられるから。そう言って森川さんは、簡単な地図まで書いてくれた。

結局、そのメモを握りしめたまま、なんとなくブラブラ歩いてきたが、いい具合にお腹もすいてきた。

とりあえず入ってみるか。

航輝が扉を開けようとしたちょうどその時、計ったように内側からドアが開いた。食事を終えて店を出てきたカップルのために、航輝は一歩後ろに下がってスペースを空ける。

「ありがとうございました。またいらして下さいね」

カップルを見送る店のスタッフの声が、扉の隙間から漏れてくる。

「美味しかったね。食べすぎたかも」

「俺のデザートまでとっちゃうから」

そう言い合いながら店を出てきたカップルは、幸せそうな満ち足りた表情をしている。

これは相当期待できそうだな。

航輝は、お腹をさすってから、あらためて扉を開けて店に入った。

すぐに、「いらっしゃいませ」と、航輝に向かっていくつかの声が重なった。

扉が閉まりきらないうちに、「お一人様ですか?」と、エプロンをつけた中年の女性が歩み寄ってきて、航輝に尋ねる。

にっこりと微笑んだその人を見て、航輝はかすかに首を捻《ひね》る。

あれ? なんだろう?

この人懐っこい笑顔、どこかで会ったことがあるような。

さっと記憶を辿《たど》ったけれど、いつ、どこで、という具体的なものは思い当たらない。

だけど、確かに覚えはある。航輝は黙ったまま、しばらくその場で立ち尽くしていた。

「お連れ様がいらっしゃいますか?」

黙ったままの航輝に戸惑ったのか、その女性はもう一度声をかけてきた。

航輝はあわてて首を横に振り、人差し指を一本立てた。一人です、と口にするのがなんとなく嫌で、身についた習性。

店の中は、ほどよく賑《にぎ》わっている。

カップルや家族連れが多い。

カウンター席でもあればその方が気楽だけど。そう思って店を見回したが、カウンター席はなく二人用のテーブルもすべて埋まっているようだ。

通りに面した小窓のある四人席に案内された。

この店の中では異質の高校生男子が、一人でそこを占領するのは申し訳ないような気もしたけれど、今さら店を出て行くわけにもいかず、案内されたテーブルの椅子に、航輝は遠慮がちに腰かける。

すぐに、今度は若い男性スタッフが水とメニューを運んできた。

その顔を見上げて、航輝は思わず大きな声を出してしまった。

「榊！」

同時に、相手も同じほど大きな声をあげた。

「松田《まつだ》？　マジか！」

大きな手でメニューを差し出したのは、つい数時間前まで一緒に体育館にいたチームメイト、榊翔平だった。

チーム一の長身、人目を引くごつい体のくせに、妙にエプロン姿が板についている。

「お前、ここでバイトしてんの？　っていうか、バイトばれたらやばくない？」

航輝は、とりあえずメニューを受けとりながら、今度はできるだけ声を潜めた。

航輝や榊の通う横浜湊高校は、原則アルバイト禁止だ。

もし家庭の事情などでやむを得ずアルバイトをする時は、学校からの特別な許可が必要だった。

榊はスポーツ推薦で授業料を免除されて入学しているので、そのハードルは一般入試で入学した航輝よりさらに高いはずだ。告げ口する気など毛頭ないが、ばれたら相当まずいことになる。

「バイトじゃねえから」

心配するな、というように榊はニカッと笑う。

「奉仕活動だよ。ここ、俺ん家の店だから。さっきの、俺のお袋」

ちなみに、家の手伝いに関しては担任もバド部の監督海老原先生も了承ずみ、と笑う榊に、そっか、と航輝は大きく頷く。

そして、あの女性の笑顔に妙な親近感があったわけにも納得がいった。

榊は母親似なんだな。そう思った瞬間、自らの母の顔が脳裏に浮かび、少し胸が痛んだ。けれど顔色に出ないよう、その映像を力技で消去する。何百回も繰り返している作業。うまくやり過ごせたはず。

「そういえば、家が洋食屋をやってるって、言ってたな」

「ホッとした？」

榊が、ちょっと試すような視線を航輝に向ける。

ふだん、部活で見せる表情とずいぶん違う、格段に大人っぽいそれ。もしかしたら、こっちの榊の方が地に近いのかもしれない。

「別に」

なるべく、淡々と短く答える。

もちろん、ひと安心だけどね、と心では思うが。

榊になにか問題が起これば、部活全体への影響は大きい。

とくに榊のダブルスでのパートナーである水嶋にとって、榊は、コートの中でも外でも、なくてはならない存在だ。

つい先日のランキング戦でその驚異的な成長ぶりを周囲に見せつけた水嶋は、横浜湊高校バドミントン部のこれからを背負って立つべき、次期エース。

本人にそれほど自覚はないようだが、監督も部員も、水嶋以外の他のみんなは全員そう思っている。悔しさはもちろんあるが、航輝もそれは認めていた。

自然と、苦笑が漏れる。

かつてないほど真剣に向き合ったコートで、あんなふうに見事に進化されれば、認めないわけにはいかない。

あいつは特別だ。

上海からの帰国子女である航輝は、男女ともに世界のバドミントン界のトップクラスである中国で、質の高い選手の試合を何度も見てきた。

だから、目だけは、部で一番肥えているはず。

湊に初めて来た日、遊佐賢人を見て、何の情報も持たないうちに、選ばれた天才だとすぐに理解し受け入れた。同じ感触が、いやそれ以上のものが今の水嶋にはある。水嶋には、遊佐賢人にはないものまである。

それは、怖さ。

遊佐賢人がどんなに凄くても、それは想像できる範囲の強さだ。けれど、水嶋のそれは、想像を超えた未知の輝きを放っている。

見たことがないから、感じたことがないから、怖い。どんなふうに化けるのか想像もできないから、怖い。

誰かを、こんなふうに怖いと思うことさえ初めてだ。

普段はどちらかといえば地味で目立たない存在なのに、ラケットを握ったとたんに半端じゃないオーラで相手コートを威嚇し、同時に相手をも鼓舞するように、伸びやかに躍動する水嶋。

ランキング戦で向き合ったその姿を脳裏に浮かべ、航輝は小さく身震いし、そんな自分を少し恥ずかしく思った。

「どうした？　具合悪い？」

悟られないよう、グイッと顔を上げる。

「いや。……けど、榊の家って、こっちじゃないよな」

話を変えてみる。

「ああ、店だけこっちで親はここに通いだよ。っていうか二年前までここの二階に住んでたんだけど、家族が増えて手狭になったんで、引っ越したんだ」

「へえ」

そういえば、きょうだいが多いと聞いていた。榊は長男で、その下に弟が二人と妹が一人いるらしい。

「で、何にする？」

伝票を手に、榊が尋ねる。

「何がおすすめ？」

そうだなと言いながら、榊は、航輝の手からひょいとメニューを取り上げた。

「じゃあ、おまかせコースだな」

「おまかせなんて、載ってた？　俺、そんなに持ち合わせないから」

お調子者の榊に、一応、釘を刺しておく。

「大丈夫。まあ、楽しみに待ってて」

榊は、またニッと笑って、厨房があるエリアに向かって早足で歩いて行った。

その背中を目で追うと、榊は、厨房に向かって身振り手振りでなにやら必死で説明している。

ラケットを振る真似《まね》をしているから、部活の仲間だとでも言っているのかもしれない。

ちょっと面倒だな。正直そう思った。

この流れだと、なにかしら計らいを受けて、今日の夕食は豪勢になりそうだ。お腹はすいているのでありがたいが、そういう厚意に対して知らん振りというわけにはいかない。

榊の家族への笑顔や、ちょっとした挨拶、そういうものが必要なはずだ。

礼儀正しい態度をとるのが嫌なわけじゃない。どちらかといえば得意だった。だけどそれが問題だ、というか、そういう自分が航輝は嫌いだった。

何にでもいい顔をして、適当にあしらう。誰のことも嫌わないけれど、誰のことも好きにならない。欲しいものを諦め、在るもので満足しているふりをする。

そういう自分が、嫌いだ。でも変えられない。

榊の表も裏もない、素直でおおらかな笑顔を、航輝はうらやましく思う。

笑顔だけじゃない。

榊は、思ったことをすぐ口にし、できることからサッサと行動する。自分をよく見せようなんて、きっと考えたこともないのだろう。あいつのプレーと同じだ。格好が悪くたってかまわない。全力で勝ちにいく。

榊は、体も声も大きいせいでガサツな面が目立つが、実は繊細で細やかな思いやりも持っている。それをチーム内で一番実感しているのは、おそらく航輝だ。

人見知りが激しいというか、故意にそうふるまっている航輝に、真っ先に声をかけてきてくれたのも、いつも何かしらかまってくるのも榊だった。

初めのうちはそれが少しウザくて、わざとつれなくしても、榊はまったく動じなかった。

榊には、道化役に徹しすべての澱《おり》を自分に引き受ける度量もあるのだ、と付き合いが長くなっていくうちに理解するようになった。

あの榊の笑顔に、その献身に助けられた仲間は自分の他にもいる。

たとえば、水嶋。

いつだって、榊は、水嶋を活かすために力の限りを尽くす。水嶋の才能を誰より愛し信じているから。けれど、それを水嶋に重荷と思わせないよう、いつもおどけて笑ってみせる。

水嶋はバカじゃない。だから、榊の複雑さがわからないはずがない。だけど、榊の道化の本当の意味を、自分がいかに榊の大きな犠牲の上に立っているのかを、知ろうとしない。支えているつもりで、支えられている。

水嶋は、たぶんそんな自分からわざと目をそむけている。もっとも、榊自身がそう望んでいるようだし、誰だって、自分を客観的に見ることは難しい。だから仕方ないのかもしれない。

もしかしたら、航輝自身がひときわ重い澱を抱えているから、榊の、その少し痛々しい、だから潔いともいえる道化ぶりを理解できるのだろうか。

航輝は水の入ったグラスを右手で握りしめながら、最近は思い出すこともなかった母の顔を、もう一度思い出す。

今度はわざと、振り払わず、じっくりと。

自分は、父親似だ。母親には似ていない。顔も性格も、なにもかも。その事実は、いつも、安堵とともに少しの寂寥《せきりょう》感を航輝に与える。

商社に勤める父の仕事の都合で、航輝と両親は、しばらく上海で暮らしていた。その間に徐々に母の心は蝕《むしば》まれていき、心だけでなく体調も崩し、母は、一人家を去った。

母は、別れの朝にも航輝を抱きしめてはくれなかった。それどころか父の手を握りしめて立ち尽くす航輝を、空港でも、ただの一度も振り返らなかった。

その時、航輝は、寂しさは感じなかった。

むしろ、自分が父との生活を選んだことは正しかったのだ、とホッとしたことを憶えている。

日本に戻ってから、父は、上海にいた時よりもさらに忙しい日々を送っている。

一年の四分の一は出張で家を空ける。だからといって、子どもに愛情がないわけではない。航輝のこともちゃんと気にかけてくれている。それは理解していた。

父が出張の土産に抱えてくる菓子は航輝の好物ばかりだし、Ｔシャツや靴のサイズだって、成長に合わせ、ちゃんと今の自分にピッタリなものを選んでくる。

息子に関心がなければできないことだ、と感心さえする。

ただ、父は、肝心なことに正面から向き合えないだけだ。妻のいない家庭と、それに不平不満を言わない息子。

航輝が、感情を抑えて何でもほどほどにこなしているのは、何かに熱中すると、好きになればなるほど、失った時のダメージが大きくなるから。それが怖いから、どうしようもなく怖いから。

そんな航輝の性質を父は知っている。どうしてそうなったのかもわかっているはずだ。けれど、そこから微妙に視線をずらして、父は生きている。

母が去って、四年。一度も、父はそのことで航輝に手を差し伸べてくれたことはない。

たぶん、父も怖いのだ。大切なものを守ろうとして、それが裏目に出て傷つけることが。自分を選んでくれた息子だから、なおさら。

父なりの距離感で息子である航輝を見つめ、ある意味見放している。

だからってそれがなんだ。

一人には慣れている。むしろその方が心地いい。母が一緒にいる頃から、自分はずっと一人だった。

子どもも心にも、何かおかしいと気がついた時には、母はすでにひどく病んでいた。

言葉も文化も違う国で孤独に耐えかねたのだ、と父は航輝に説明した。けれど航輝は、そのずっと以前から、母は病んでいたのでは、と感じていた。

父も知らない、航輝に対する母の冷ややかな視線と言葉の数々は、今も航輝の記憶に小さな傷跡を残している。

どの傷も、もう痛みはしない。けれど、心の奥底に埋め込んだ澱が表面に浮かび上がってきて、ときおり疼《うず》くことはある。

そのたびに大きく深呼吸をして、航輝は、大丈夫、大丈夫、と自分に言い聞かせる。

俺にはバドミントンがある。

今まで、バドミントンに集中することで、自分は色々なものを振り切り、乗り切ってきた。

シャトルは気ままに見えるけれど、とても正直で理に適《かな》った動きをする。信じられる正しいものが、コートの中にはある。

駆け引きはあっても、それは承知の上の騙《だま》し合いで、卑怯《ひきょう》な嘘ではない。結果がどうあれ、そこに冷たさは感じない。誰も航輝を傷つけないし、誰かを傷つける不安もない。

だから、自分は、コートが気に入っている。

それでも、好きになりすぎないよう注意深く自分をコントロールしてはいる。度を越して好きになれれば、それを失った痛みに、今度は絶対に耐えられない。あの場所を失ったら、もう自分を守る術《すべ》もない。

そうしたら、俺も病んでいくのだろうか？　あの母と同じように。

鳥肌がたつ。

航輝は、一口、水を飲み、小さく静かに息を整える。

料理ができあがったのか、大きな皿を抱えて自分の方に歩いてくる榊の姿が見えたから。

「お待たせ」

榊は、榊の手にも余るような大きな皿を三枚、航輝のテーブルにのせた。

オムライスが二皿、もう一皿には、ナポリタンが特大に盛られていた。

その後ろから、最初に航輝を出迎えてくれた女の人がやってきて、生野菜がたっぷり入ったサラダボウルを置いてくれた。

「翔平の母です。いつも息子がお世話になっています」

穏やかな笑み。榊が見せる笑顔より、さらに素朴で優しい。

「いや、こちらこそ」

航輝は、榊の母親の飾りのない笑顔につられるように、柔らかい心持ちで挨拶を交わす。

久しぶりに、自然に笑えたかもしれない。そう感じられるだけで、さっきの不安は消え心が凪《な》いでくる。

「遠慮しないでいっぱい食べてね」

航輝は、ハイと頷いた。

けれど、少し表情は硬くなってしまったかもしれない。さすがに一人でこの量は無理だ、と不安になったから。

「俺も食うから安心しろ」

困惑している航輝に、いつのまに向かい側の席に座ったのか、榊は、大きく頷いてみせる。それが合図のように、榊の母親はもう一度微笑んでから、スタッフエリアに戻って行った。

「奉仕活動は？」

目の前の男に、一応尋ねる。

「もういいってさ。ピークは過ぎたから」

航輝は頷く。

「なんか悪いな」

「なんで？」

「いやなんとなく」

二人で少し照れながら、いただきます、と声を合わせた。

美味かった。

母の手料理の味など憶えてもいないが、なぜか、懐かしい味だと思った。

「美味いな」

だから、つい本音をこぼす。

「だろ？　オムライスは、うちの一押しだからね」

「お前、毎日こんないいもん食ってるから、でかくなったんだな」

榊は、口の右端にケチャップをつけたまま、アハハと笑った。そしてまじめな顔になるとこう言った。

「親には、マジ、感謝してるよ」

そんな言葉をサラッと言えるお前が、俺の方こそ、マジ、うらやましいよ。

ついそう言いそうになって、航輝は、水を飲み、一緒にそのセリフものみ込む。

「で、なんで一人？」

榊が唐突にく。

「どういう意味？」

「めずらしいから、週末の夜に高校生一人の客って」

「ああ」

航輝は頷く。

だけど、なんて答えればいいのかわからない。

榊は確かにチームメイトだけれど、家庭の事情をあからさまにぶちまけるほど、親しいわけでもない。そもそも、航輝に、それほど親しい友人ができたことはない。それが寂しいと感じたこともない。

灑は、いつも自分自身でなんとか処理するものだと、ずっと思っていた。

「お前んとこって、なんか事情あるの？」

榊は、黙ったままの航輝に質問を重ねる。

こいつはどうして、いつだってこうもストレートに訊いてくるんだろう？

そして、不思議なことに、それが的外れだったことはほとんどない。

そんなことより、問題は、どうして俺は今、それが嫌じゃないんだろう？　ってことかもしれないが。

「うちは親が離婚していて親父と二人なんだけど、今、仕事で東南アジアに出張中なんだ」

航輝は、榊にできるだけ簡潔に家庭の事情を伝える。

「へえ、東南アジアか。バドが強い国ばっかじゃん」

榊は、わざとなのか、ピントのずれた返事をした。

同情されてる？

「一人で寂しく夕食なんて日常だよ。たいていコンビニ飯だけどな」

だから、航輝は話を元に戻す。

「寂しいのか？」

榊が、なわけないだろう、って答えを予想している顔で尋ねる。

だから、同じ意味だけど、もう少しスマートな言葉を探してみた。

「気楽でいいよ。でも」

「でも？」

でも、って何で俺、付け加えた？　航輝自身がその言葉に、少し戸惑う。

「たまには美味いもんが食いたいじゃん」

うまくやりすごせた？

「そりゃあね」

榊は、相槌を打って、スルーしてくれた。

「だから、美味いって評判の店まで散歩がてらやってきたわけで」

「うち、評判いいからね」

榊は、自慢げに笑う。

「けど、お前ん家の店だってわかってたら、来なかったけどな」

「なんでだよ」

「なんか、気まずいじゃん」

どうせ、この大盛りもサービスだろ？　料金もとってもらえるかどうか心配だ。

「そういうの、お前は苦手そうだもんな」

航輝は、まあね、と頷く。

「でも、お前はまた来るよ。きっと」

航輝は否定の返事の代わりに、フッと笑って首を捻る。

榊は、そんな航輝にやはりフッと笑って、大きく頷く。

ヤバい。

榊の、なんでもうまく丸め込んでしまうような笑顔に、航輝は、妙に緊張し気を引き締める。そんな必要があるのかどうかわからないまま。

「だって、美味いだろ？」

確かに美味い。だから、一応頷いておく。

「うちのお客さん、九割は、リピーターだから」

だけど、いくら美味くても、たぶんもう来ることはない。

誰かと必要以上に親しくするのは苦手だし、チームメイトの家族にそう何度もご馳走《ちそう》してもらうわけにもいかない。

そこから会話が急に冷え込んで、二人は、とりあえず食事に専念した。

だけど、本当に美味かったので、結局、榊と二人でもちょっと無理かなと思った量をペロリとたいらげた。

その上、コーヒーとデザートのアイスクリームまで。

会計の段になると、思っていたとおり、どうしてもお金は受け取ってもらえなかった。

「次からは、ちゃんと頂くから、絶対にまた来てね」

榊の母親は、そう言って微笑んだ。厨房から、父親も出てきてくれた。

「今度は、もっと美味いもん出すから」

榊の父親は、なんというのか、何もかもデカい。

体つきも、声も、雰囲気も。

榊は、母親似かと思ったけれど、父親にもよく似ている。

「ありがとうございます」

気まずい。

もう来ないだろうなと思いながら、また来ます、的な挨拶を交わすのは。

「松田くんは、きれいで丁寧なバドミントンやるんだってね。見ていると自分までうまくなった気がするって、翔平がいつも感心してるよ」

急に話題が変わり、気まずさが照れに変わる。

航輝は、いつの間にかいなくなった榊の姿を捜す。しかし、榊の気配はまったく感じられない。

「僕は、榊の、がむしゃらなバドミントンが好きですけど」

水嶋も、榊の気合あふれるプレーが、大好きだといつも言っている。ただし、榊のいない時にだけれど。

「あいつは力の配分を知らないからな」

「いや、知ってますよ。ただ、たとえわずかでも、力を抜くのが嫌いなだけです」

「バドミントンは駆け引きも大事だって、小さな頃から言っているのに、できないのよね」

榊の母親が笑う。

そういえば、榊の両親は競技経験者だったな。榊のある意味頑ななプレーもよく知っているわけだ。

だとしたら、その頑なさをすべて捨て去ってまで、水嶋のためにプレーしようとする榊のダブルスのコートを、彼らはどう感じるのだろう？

「榊は、バドだけじゃなくて、どんなことにも駆け引きはしないから」

自分と同じ、あるいは自分よりも高いレベルの相手と、パワープレーだけで試合を乗り切るのは難しい。

航輝との対戦でも、結局、最後に勝つのは航輝ということが多い。

だけど対戦後、勝敗にかかわらず、いつも航輝には負けた感が残る。榊の何かにいつも負けている、と感じる。

「なんだか、そういうとこ頑固なのよね」

榊の母親が、ため息交じりにそう言う。

「あいつは、何に負けても、絶対、自分の信念だけは曲げたくないのだと思います」

航輝がそう言った時、榊の父親は、本当に嬉しそうに笑った。息子を誇りに思っているのだ、と素直に感じた。

自分の父も、こんなふうに笑うのだろうか。息子のことを誰かに褒められたら。

「さすが、チームメイトだね。俺のことはよくわかってる」

ちょうどその時、ラケットバッグを背負って、なぜか榊が入り口から店に入ってきた。

どういうこと？

「じゃあ、行こう」

えっ、どこへ？

「本当にいいんですか？　急にお邪魔して」

お邪魔して？

「俺、シャワー浴びたいんだ。借りてもいい？」

風呂には入ってほしいかも。若干、汗臭いし、油臭い。

いや、そういう問題じゃない。

「じゃあ、明日はこのまま部活行って、帰ったらまた手伝いに来るから」

「頼むわね。明日は人手がちょっと厳しいから」

「わかってる」

結局、どういうことかなんとなく察することはできたけれど、どうも納得がいかないまま、榊に背中を押されるように航輝は店の外に出た。

「で、どっち？　お前ん家」

「駅の向こう側。ここから徒歩で十五分ほど」

「ってことは、左だな」

そうだけど。

「どういうことだよ。この流れだと、お前、俺の家に泊まるってことだよね」

とりあえず、抗議する。どうせ聞く耳は持っていないだろうが。

「だね」

何か問題ある？　と榊は肩をすくめ先に歩き出した。

問題は大ありだ。

俺が愛しているのは静かな時間と空間。家に戻ったら、シャワーだけでなくゆっくり湯船につかり、好きな本を読むか、あるいは録りためてある映画を見るかして、気ままに一人の時間を過ごす。

明日の練習開始時間は早い。十分な睡眠も必要だ。

しかし榊は、いつもの笑顔一つで、航輝の抗議をポーンと吹き飛ばす。

仕方なく、しばらく黙ったまま榊の後ろを歩いた。大通りの信号待ちで立ち止まった時、榊の背中にこう問いかけた。

「気を遣った？　俺が一人きりで過ごしていると思って」

慣れているから、大丈夫なのに。

「俺が気を遣う人間か？」

人一倍、気を遣う人間だね。

「そうだな」

けれど、とりあえず話を合わせておく。お腹が満ち足りている時に、言い争うほどのネタでもない。

駅を通り過ぎてからは、諦めもつき、並んで歩いた。

航輝のマンションに着くまで、榊はずっと水嶋の話をしていた。自分が初めて水嶋と戦った時の驚きと戸惑い、そして今のワクワク感。もう何度も聞いたよ、という航輝のつっこみをものともせず、榊は話し続けた。

「水嶋は凄い奴だと思うけど、俺には、あいつとダブルスを組みたいお前の気持ちがわからん。対戦相手として向き合った方が、むしろ楽しくないか？」

楽しいだけじゃなく、それ以上に怖さも感じるけれど。その怖さも含めて、あいつとのバドは心地いい。

だからこそ言える。水嶋は、絶対的なシングルスプレーヤーだ。ダブルスには向かない。慣れればうまくいくとは思えないぎこちなさが、この二人のダブルスに、というよりダブルスのコートの水嶋にある。

「俺たちは、確かにあまりうまいダブルスじゃない。ツインズのコンビネーションを見るたび、あいつらに追いつける日がくるのかとも思う」

「だろうね」

「けど、俺、水嶋と同じコートでバドやると、すっげえワクワクするんだ」

「対戦するより？」

もう一度、念を押すように訊く航輝に、榊はわずかに眉根を寄せその後でフッと笑う。

「俺レベルだと、あいつとのシングルスは、ちょっと怖いっていうか」

「何度やられても、平気な顔で向き合っているのに？」

「平気じゃない。あいつとシングルスを何度もこなすのは、あいつの判断やくせなんかを反対側から見ることが、ダブルスのコートにプラスになるから。まあ、修業の一環だな。その怖さも克服して、せめて知らん顔するぐらいの力量が俺にあれば、もうちょっと楽しめるんだろうけど」

「水嶋と向き合うのは、俺だって、怖いよ」

航輝は正直にそう言う。

榊は、本当に驚いた顔をした。むしろそれが意外だった。

「嘘つけ」

「嘘じゃない」

「けどお前は、その恐怖を感じながらも、あいつとのシングルスのコートを楽しんでいる。少なくとも俺にはそう見える。そして、それが俺とお前の決定的な差だ」

「だとしても大差はない。俺も、……あっち側じゃない」

少しためらった後、榊がまた小さくフッと笑う。そして唐突にこう言った。

「俺、湊を出たら、調理の専門学校に行くつもりなんだ」

「バドをやめる、ということ？」

「バドは、俺にとって空気みたいなもんだから、なしではいられない。でも、競技者としてはコートを降りるつもりだ」

まだ横浜湊に来てほんの数か月なのに、なんてことは思わない。誰より水嶋のそばにいるこいつには、そう決心するのに十分な時間だったはず、そう思うから。

もちろんこの先、どんな心境の変化もありだと認めた上で。

「お前も、そのつもりなんだろう？」

「えっ」

「行きたい大学も、その先も、別の夢があるんだよな？」

そういえば、タメの前でも何度かそんなニュアンスのことを口にしたことがあった気もする。

「そうだな。きっと、こんなバド三昧《ざんまい》はここにいる間だけだ」

三年のインターハイが終わったら、受験に専念する。夏の終わりからでは間に合わないかもしれない。それならそれで、浪人生活も悪くない。朝から晩まで勉強に集中する。長い目で見れば、かえっていい経験になるかもしれない。

そして大学に進学できたら、新しい目標に向かって消化していかなくてはならないことは多いはず。部活一色で今は考えることもできない、アルバイトもしてみたい。父親にもらったこづかいではなく自分の労働の対価でなら、もっとはじけた時間を送れるかもしれない。その際、履歴書の趣味の欄に、読書とバドミントン、と書いてみるのも悪くない。

「あっち側に行けたらって、やっぱ思う？」

榊が、そう訊く。

あっち側。

そう、それは、あの天才たちのいる場所。

「いや。そこはもう割り切っている」

あちら側にいる人間にだって、悩みや挫折はあるだろう。こちら側にいる人間以上の努力を重ねているのかもしれない。でも、彼らは知らない。どれほどあがいても決してそこには辿り着けない種類の人間の気持ちを。

努力が報われると信じて疑わないでいられるのが、どれほど特別なことかということを。高く望みを掲げてそこに邁進《まいしん》できるのは、選ばれた一握りの者たちだけ。あとの大多数は、それぞれにどこかで折り合いをつけるしかない。

つけるなら、早い方がいい。

それが、中三の秋、結構な自信を胸に横浜湊に体験入部に来て、遊佐賢人を間近で仰ぎ見て航輝自身の出した結論。曖昧だった決心にダメ押しをくれたのが、水嶋とのあのランキング戦。

「だよね。もし湊に来なかったら、俺も、もうちょっと夢を見ていたかもしれない。けど、どういう因果か、ここは、あっち側にいる人間が多すぎる」

「確かに」

遊佐賢人、横川祐介、水嶋亮、ツインズ。間違いなく、あちら側にいる彼らは、競い合うことでさらにその特別に磨きをかけている。

「そんな、今はあっち側にいる奴らでさえ、この先いくつもの関門があって、挫折する可能性があるのかと思うと、ちょっとぞっとする。どんだけシビアなんだってさ」

種目にかかわらず、スポーツにかけられる時間は限られている。それに適した運動能力は、年齢に大きく左右されるから。

しかも、それがメジャーとはいえないスポーツなら、余力を残していても諦めざるを得ない状況に追い込まれることも多々ある。

スポーツでトップレベルにいるためには、経済的な問題も大きく影響するからだ。

そして、あたりまえだが、どんな恵まれた才能と財力があっても、やがて限界はくる。その限界をどこで知るのか。その時の絶望感をどう消化していけばいいのか。こちら側の人間もあちら側の人間も、遅かれ早かれそれを経験する。

だけど、よりによって。

「絶望って言葉をこんなに早く実感するとは思わなかったよ」

「それな。けど、俺はそれを最近は幸運だと思うんだ。だってさ、なかなか味わえないぜ、これほどの絶望感をこの年でなんて」

なんとも榊らしい、ポジティブな言葉だ。

絶望が幸運とは。

「でな、俺は思うわけよ。絶望っていうのは、次の希望を抱けっていう神様からのメッセージだって」

「……絶望は、次の希望を抱けというメッセージ」

航輝は、思わず、榊の言葉を繰り返す。

「そう思ったら、絶望も今の自分の宝物になるだろう?」

ふつうでは味わえない経験、たとえそれが絶望であっても、次の希望への糧にできれば、貴重な宝物になるとこいつは言っているのか。

「だから、俺は次の希望を胸に抱くためにも、今はバドミントンのことだけ考えて、必死で頑張るのも悪くないって思ってる」

航輝が決して言えない言葉を、榊は次々と、しかも衒《てら》いなくサラッと口にする。

頷かなかったのは、今の自分の心境をあまりにそのままを言われたせいで、照れくさかったから。

「俺は今、水嶋と同じコートに立てる幸運を、精一杯むさぼりたいんだ。あいつとダブルスで同じコートに立つと、いつだって、二人で何か新しいものを生み出してるって感じがするんだ。ぶつかり合って交じり合う、そこから生まれてくる何か。そういうの、わかるだろう？」

今度は、航輝は、きっぱり首を横に振る。

誰かと一緒に何かを生み出す喜びは、自分にはわからない。今までも、きっとこれからも。

コートでは一人でいたい。一人だから、自分は頑張れる。

一人で好きなようにゲームを組み立てる喜び。勝っても負けても責任を負うのは自分、という気概。そういうものがなければ、自分はバドミントンに喜びを感じることができない。だから、俺はダブルスをやらない。いや、できない。

航輝はそう思っている。

「松田って、格好いいよなあ」

「なんだよ、急に」

「例えるなら、孤独なイケメン戦士？」

「はあ？」

「けどな、どんな孤独な戦士にも、ちょっとは仲間、必要だろ？」

「意味わかんないな」

「わかってるだろ？」

わかっているのか？

首を横に振りながら、わかっているのかもしれない、とふと思う。

一人で戦っている時も、確かに仲間の声援は受けている。とくに榊の声はでかいだけじゃなく、タイミングが抜群だ。もう限界かな、と気持ちが萎えかけた瞬間に、「ここからだ！　集中!!」と声が飛んでくる。それに励まされたことがない、といえば嘘になる。

仲間の声は、想いは、力になる。

わかっている。知っている。だけど、俺はそれに甘えたくない。一人に慣れていなければ、やり過ごせない時間が自分には多すぎるから。

「俺に告ってるの？　水嶋に怒られるぞ」

航輝は、わざとおどけた口ぶりでそう言ってみる。

「怒んないよ。だって俺の片想いだから。だろ？」

いつもなら、「俺は水嶋が好きなんじゃない、水嶋のバドが好きなだけだから」と、ムキになって言い返すくせに。

榊は自分との距離を縮めようとしているのだ、と航輝は感じる。

だから、今日のところは、こいつの健気《けなげ》さに免じて否定の言葉はのみ込もう。そう思った。

ちょうどマンションのエントランスに到着した。

「ここの七階」

二人で玄関ホールからエレベータに乗った。

榊は、やっぱりニッと笑ってこう言った。

「今日の松田は、あんまりスカシてないな」

いつもだって好きでスカシてるわけじゃない。

ちょっとした家庭の事情をカモフラージュするために、鎧《よろい》が必要なだけだ。どうせ着るなら格好いいものを選ぶ。それだけだ。

「意味わかんないな」

「わかってるくせに」

今日の榊は、いつもとは別の意味で、とても扱いづらい。

静かにエレベータの扉が開いた。

「降りるぞ、出て右、７０５号室」

「おう」

航輝が部屋の鍵を開けている間、榊は、小さな声で鼻歌を歌っていた。

「その曲、好きなんだ？」

榊は靴を脱ぐと、航輝の分まで丁寧に揃えながら、「だってテンション上がるから」と答える。

「お前らしい」

「何が？」

「小っ恥ずかしい想いを、照れずに伝えるってとこ？」

「けど、お前も知ってるだろう？」

「何を？」

航輝は榊を見つめた。

「支えてくれた人に、ありがとうって感謝を自分の声で伝えることの尊さとか」

何を言ってるんだか。尊さときたか。航輝は肩をすくめる。

「やるんだ！　俺たちならできる!!　って気持ちは、感謝の塊でできてるっていうことも」

勘弁してくれ。返す言葉も見つからない。

「で、風呂場、どこ？」

榊が、マイペースに尋ねる。

「廊下の突き当たり、右」

「借りるぞ」

ラケットバッグを背負ったまま、榊は風呂場に向かって歩いていった。

「なんで、俺にかまう？」

その背中に、航輝は声をかける。

スルーされるかと思ったけれど、榊は振り返った。

「お前が似てるからかな」

意外な言葉が返ってきた。

「誰に？」

「俺の大事な先輩に」

榊は、ラケットバッグを廊下の隅に下ろす。

「中学の頃、俺、一度部活をやめたんだ。いじめにあって」

「お前が？」

いじめ？

榊翔平をいじめる？　こんな、根っからの善人を。しかもどう叩いても、きっちりやり過ごす術を心得ていそうな、このタフなメンタルの持ち主を。

どこをどう突っ込んでいいやら。

「少し特別だったから」

榊は眉根を寄せる。

航輝も、少し険しい顔になる。

榊は、両親の影響もあり、幼い頃からラケットを振っていた。中学入学当初から、タメはもちろん、先輩よりうまかったとしても不思議じゃない。

それを鼻にかけるような奴じゃないが、それでも妬む人間はいる。

今の横浜湊のバド部のように、ある程度セレクトされているメンバーだと、そういうやっかみを表に出す暇があるなら自らの鍛錬に集中しようとする。それでも嫉妬がまったくないわけじゃない。嫉妬がにじみ出た結果のちょっとした気まずさは、ときおり見え隠れしている。

大きく表面に出てこないのは、監督の指導力が大きい。

監督である海老原先生は、一言で言うなら、人格者だ。穏やかな表情と静かな物言いが特徴で、厳しいが、怒鳴ることもないし、ましてや暴力などとは無縁の人だ。

それでも、部員は全員、先生の視線に震えあがり、かすかな笑みに励まされる。

厳しさにはちゃんと理由があり、わけへだてなく一人一人に向き合っていることを、みんなが身を以《もっ》て知っているから。どんな些細《ささい》なことにもちゃんと目を向け、必要な時には必ず導いてくれる、そう信じているから。

何かに真剣に向き合う時、厳しさも優しさも同じように大切なことだと、先生は教えてくれる。

「シカトされるだけなら我慢できたけれど、ラケットを折られたり、ユニフォームを破られたりもした。親に迷惑をかけることになるから、我慢できず顧問に言うと、お前に協調性がないからだと逆に責められた。人を責める前に自分を反省しろ、だってさ」

日本の学校事情は、帰国子女の自分にはわからないけれど、水嶋も、少し似たようなことをこぼしていたことがある。

「ひどいな」

「だけど、一人だけ、いじめに加わらない先輩がいたんだ。俺とも普通につき合ってくれた。俺にかかわるだけで、自分がハブられるかもしれないのに」

「勇気があるんだな」

俺には似ていない。俺の被《かぶ》っているものは、勇気じゃなくてただの鎧だから。

「その人は誰ともつるまない代わりに、誰のことも無視しなかった。必要があれば俺とも口をきき、一緒に走り、シャトルを打ってくれた」

だから榊は部活をやめたのかもしれない、と航輝はふと思う。

榊はいじめに負けるような奴じゃない。だけど、他の誰かに迷惑をかけたくなかったのなら、その行動は理解できる。

「色々あって、バドを諦めきれないで俺が部活に出戻った時も、その人は同じスタンスで俺と向き合ってくれた。特に親しげでもないが、よそよそしい態度をとったり、冷淡な視線を浴びせたりすることは一度もなかった。そういう変わらない態度が、俺には一番ありがたかった」

「格好いいな」

ちょっと格好よすぎる気もするけど。

「お前に似てるだろ？　誰かの意見や態度に左右されない。いつも自分の考えで行動する。俺も、そうありたいと思っている。ただ……」

「ただ、なんだよ」

榊は、航輝の目をしっかりととらえた。

「ただ、変わらないでいるのなら、俺は、お前やその先輩と違って、もっと親しげで温かい場所で変わらないでいたいと思う、っていうか、その方が俺に合ってる」

榊らしい。だから、いつもあの笑顔なんだな。

「まあ、そういうわけで、俺はぶれないお前が好きだ。お前のバドミントンは、マニュアルどおりでそう好きじゃないけど」

何だと？　そういうセリフは、俺に勝ってから言え。

何か言い返そうとしたけれど、榊はそのまま、航輝の言葉を待たずに風呂場に行ってしまった。

すぐに、風呂場から、機嫌のいい同じ鼻歌が聞こえてきた。

航輝は小さく深呼吸をしてから、一人分のコーヒーを淹《い》れにキッチンに向かった。専用のマグカップにブラックコーヒーを淹れて、リビングのソファーに腰をおろす。

まったくあいつといると調子が狂う。嫌じゃないけど。

航輝は、自分で自分に驚く。そして笑った。

俺、嫌じゃないんだ。

俺に友達？　仲間？　似合わないけどな。

あっ、でも、チームメイト、……それならいいかもしれない。

航輝は、そんな自分の心に気づいたせいか、砂糖の入っていないはずのコーヒーが、なぜか少し甘く感じた。

榊の歌声は続いている。

航輝は、意外なほどうまい榊の歌にそっと自分の声を重ねてみる。悪くない。

榊によれば、照れずに想いや感謝を伝えることは尊いことらしい。

そういえば、俺は伝えたことがあるのだろうか？　感謝の気持ちを誰かに、おざなりではなく真摯《しんし》に、自分の言葉で。

仲間や先輩、海老原先生や父にも感謝はしている。けれどそれをちゃんと言葉にしたことはないかもしれない。

でもいつか、もしコートで精一杯やり抜いたと誇れる日が来たら、自分の言葉で伝えてみてもいいかもしれない。感謝の言葉を、心から。


その夜、榊のいびきと寝相の悪さに航輝は耐えに耐えた。

「お前のことは嫌いじゃない。けど、二度と泊めてはやらない」

航輝は寝ぼけ眼《まなこ》の榊に、翌朝、きっぱりそう宣言した。

榊は、航輝の淹れたコーヒーを飲み干して、やっぱりニッと笑った。

それからも、榊は笑顔だけを手土産に、何度も航輝の家に押しかけた。

それが特別なことでなくなった頃、航輝は、榊だけでなく他のタメとも同じ温度で接することができるようになっていた。

その上うっかりしたことに、気づけば、他校の奴らから、「あいつらって強いけど、ちょっと変だよな。マジ、熱すぎる」と言われるチームの一員になってしまっていた。


高校二年の夏、インターハイ、団体戦決勝。

航輝は、第二シングルスのコートに立っていた。

もし、この試合に勝てば、横浜湊は初の全国制覇。チームの夢がやっと実を結ぶ。

とはいえ、航輝が、すべてを背負って立っているわけじゃない。

第三シングルスには、ついさっきまで横川祐介と第一ダブルスのコートに立っていた、絶対的エースの遊佐賢人が控えている。この人の圧倒的な力を考えれば、敗北はありえない。

ただ、海老原先生の指示は、「遊佐まで回すな」の一言だった。

もちろん、監督からそう言われなくても、航輝は、端から遊佐賢人に優勝を委ねるつもりはなかった。

勝つ。この手で優勝をもぎとる。

この沖縄に来てから、航輝は、何度も自分にそう言い聞かせていた。

栄誉が欲しかったからじゃない。

明日からシングルス、ダブルス両方の個人戦が控えている遊佐賢人を休ませることは、自分のあたりまえの役割だとわかっていた。それができないようなら、このチームに来年の夏はない、と冷静に感じてもいた。

来年は、遊佐・横川という、戦力、精神力両面のチームの要がいなくなる。その大きな穴を埋めるのは、いくら水嶋でも、一人では無理だ。

水嶋が、これからのチームを引っ張るエースだということは認めている。でも、少し前までのように、自分とは次元の違う才の持ち主だから仕方ない、という嫉妬交じりの諦念はない。

あと一年。次のインターハイが終われば、バドミントンから適度な距離をおく決心は変わらない。けれど、今は、自分の力の限りを尽くす。

水嶋には水嶋にしか、航輝には航輝にしかできないことが、このチームにはある。自分の場所、このチームのシングルスのコートで。水嶋が淡々と、榊が笑顔でそうしているように。

基礎打ちの相手は、いつもどおり榊がやってくれた。

なんとなく水嶋に悪い気もするが、榊との基礎打ちが、今では航輝にとって試合前の心身を調整するのになくてはならないルーティンになっていた。

基礎打ちを終え、コートを離れる際、榊は、航輝に歌うようにこう囁《ささや》いた。

「We can do it」

航輝は、頷くこともなく、榊のその口元に視線だけをからめた。榊が、本来の、誰より大人びた雰囲気をそこにチラッと匂わせる。

こいつが、チームの中に俺の居場所を作ってくれた。根気よく嫌な顔一つせず。航輝は、今、それを素直に認められる。

嫌なことや辛いことをコートで振り払うのではなく、それとコートで真剣に向き合う時間が、外にある厳しさから自分を守ってくれている、そう気づかせてくれた。

必死になること、熱くなること、泥臭いことは、今でもやっぱり恥ずかしい。けれど、そう悪くないと思えるようになったのも、きっとこいつのおかげ。

「集中」

ホームポジションについた航輝の耳に、ひときわ大きな榊の声が届く。ともに歩き続けてきた、他のチームメイトの声もそれに重なる。航輝は大きく気合の声を返し、ラケットを持ち上げた。

「ファーストゲーム、ラブオール、プレー」

航輝は、最初のサービスに渾身の気合をこめる。

榊、俺はお前や、他のチームメイト、今まで俺を支えてくれたすべての人に感謝している。

だから俺は、今から、全身全霊で戦う。

特別、熱くてしょっぱい感謝の形を、その目でしっかり見ていてくれ。
もし満足したら。
そうだな、二度と俺の家には泊まるな。
あの凄まじいいびきもごめんだし、……それにきっと、もう大丈夫。
俺は、一人で過ごす夜も、一人じゃないって、ふつうに思えるようになったから。

第二章　天才なんかいないけど

地区予選から県大会のベスト8まで、予定通り、順調にトーナメントを駆け上がった。あと一つ勝てば、自分たちが入学してからずっと目標にしてきた夢の舞台、関東大会に出場できる確率がグッと上がる。

激戦を勝ち抜いてきた精鋭で争うこの先は、いっそう厳しい戦いが待っている。けれど、あとひと踏ん張りだ。やるしかない。

関東大会への切符は五枚。

八校で五枠を争う戦いだが、その決め方は、少し複雑だ。

まず決勝に進んだ二校が抜け、あとの三枠を残りの六校が改めてトーナメントで争う。

俺たちにとって、何よりも大切なのは初戦、準々決勝での一勝。つまり、準決勝への勝ち上がりだ。その先、俺たちが決勝に上がるのは絶対に無理。なぜならそこで予想される対戦相手は横浜湊高校。県どころか全国での優勝候補なのだから、どうあがいても俺たちに勝ち目はない。

しかし、準決勝まで進めば、三位以下の順位決めの新たなトーナメントのシード権が手に入る。

シード権の一番のありがたみは、試合数が減ることで可能になる体力の温存だ。

正直、ベスト8に残っているチームで、控え選手など一人もいないという最低で笑えない事情を抱えているのは、俺たちだけ。

シード権さえ手に入れれば、少なくとも、俺たちにできる万全の態勢で戦いに臨める。そこで一勝すれば、三位四位決定戦にまわり、この時点で五位以上が出場できる関東大会への切符は手に入ることになる。

しかも、シード校は、一度負けても望みがなくなるわけじゃない。最後の切符、五位決定戦の順位決めに進むことができる。挑戦できる機会は、多い方がいいに決まっている。たとえ、コートに立つことさえままならないほどスカスカの体力しか残っていなくても。

この順位決めの方式を、うちの顧問の吉田《よしだ》はおそらく理解していない。何度説明しても首を傾《かし》げている。だから、一番大事なことだけを伝えてあった。

最初の一勝が、その後の戦いを天国と地獄に振り分けるということを。

それなのに、その大切な試合を明日に控えて、あろうことか、吉田はたった三時間の体育館練習の権利を女子バスケット部に譲ってしまった。

「なんか向こうは、せっぱつまっているらしいから」

吉田は、そう言ってヘラッと笑った。

おかげで、こっちは、もっとせっぱつまりましたけどね。

俺は心の中で、そう毒づく。今までも、この名ばかり顧問のバドミントンへの無関心ぶりに、俺たちは何度もため息をついてきた。しかし、今度ばかりは、こみあげてくる怒りを堪《こら》えきれない。

俺は、両手の拳を握りしめ、唇をギュッとかみしめる。

「何？」

不満顔の俺を、吉田が、眉間にしわを寄せて睨《にら》みつけてくる。

教師のくせに逆切れかよ。俺は、さらに拳を固くする。

「別に、なんでもありません。了解です」

後ろから俺をかばうように、部長でエースの静雄《しずお》が割って入り、無理やり俺の頭を下げさせ、俺はそのまま引きずられるように職員室を出た。

「怒っても仕方ない」

職員室から十分に離れてから、静雄は俺にそう言った。

わかっている。

あれ以上抗議するわけにはいかない。

もしへそを曲げられて、明日の試合には同行しない、などと言い出されたら、最悪、出場辞退になってしまう。

いくらなんでも、仮にも教師である人間がそこまでの暴挙に及ぶとは考えにくいが、まったく可能性のないことじゃない。それくらいの幼稚さが吉田にはある。

「けど、あんまりじゃん」

静雄の言うことが正しいとわかっているのに、愚痴がこぼれる。

だいたい、あいつは、顧問らしいことなんて一度だってしたことがない。

県のベスト8に入ることがあたりまえになってからは、練習試合の申し込みも結構増えた。けれど、吉田はすべて断ってしまう。

静雄の伝手《つて》で、インターハイ優勝校の横浜湊との合同練習に誘ってもらった時も、そんな強いチームとやっても意味ないだろう、とろくに話も聞いてくれなかった。

「せっかくの休みをつぶして、なんで俺がお前らを引率しなきゃいけない」

さすがに、そう言葉にはしないが、断る理由は結局それだとみんな察している。

横浜湊の監督が、それなら個人の責任で来て一緒に練習しますか？　と言ってくれたおかげで、俺たちタメの四人だけは夢のような時間を過ごすことができたけれど。

何もしないならまだしも、こんなふうに邪魔をするなんてひどすぎる。

未だ拳をほどけない俺を宥《なだ》めるように、静雄が穏やかな、それでいて少しいたずらっぽい笑みを浮かべる。

「愚痴っても仕方ない」

「けど」

「万が一のこと考えて、区のスポーツセンターに予約を入れてあるから」

「マジ？」

静雄は、俺やるだろう？　とおどける。

「基礎トレ終わったら、向こうに移動してゲーム練習だ。古賀《こが》先輩と草場《くさば》先輩も来てくれることになっている。練習場所の変更はもう連絡済み」

「静雄って予知能力ある？」

「まさか。女バスも男バレも関東大会の予選を勝ち残っているから、体育館の使用権争いは避けられないかもしれないな、と思って」

特に女子バスケット部は、三年前にインターハイ出場を果たしている強豪チーム。顧問も成績を楯にひときわ強気だ。

こうなるかもしれない、とちょっと頭を使えば、それぐらいは俺にも想像できたはず。

「へこむ」

「何で？」

「副部長だっていうのに、お前にばっか、面倒かけて」

俺は、静雄に頭を下げた。

「いいんだ。本当は俺だってひと睨みしたかったさ。拓斗《たくと》のおかげでかえって冷静になれた」

そう言って静雄は、俺の肩を、ポンッと叩いてくれた。

「みんなが待ってる。早く戻ろう」

静雄の言葉に頷き、二人で、競うように駆けだす。

いっそ憂鬱になるほど爽やかな青空。気温は、まだ夏本番には早いのに、朝からグングン上昇中。中庭の温度計は、三十五度を指している。

基礎トレだけで、いや、ランニングだけでへばりそうだ。チラッとそう思ったけれど、ギアを下げる気にはならなかった。

仲間のもとに戻った俺たちは、できるだけサラッと事情を説明し、どうせこんなことだと思ってたよ、というタメより、まだ吉田のどうしようもなさに慣れることができない後輩たちの不満や怒りをなんとか宥め、晴れ渡った空にモヤモヤを発散させるように、体育館の外での基礎トレーニングに励んだ。

それから、明日の試合ではベンチに入れないメンバーを帰宅させ、電車で一駅向こうのスポーツセンターに移動する。そこで、明日の試合相手を想定してゲーム練習を行うために。

一時間ほど遅れて、先輩たちも来てくれた。

古賀先輩は、インターハイ出場経験のあるバド強豪高校出身の大学のチームメイトまで連れてきてくれて、おかげでとても充実したゲーム練習ができ、感謝してもしきれない。

スポーツセンターでは、たまたま打ちに来ていた、今は別の公立高校に通う同中出身のバド部仲間とそのチームメイトにも会った。

彼らの高校はすでに予選で敗退し、次の大会、インターハイ予選に向けて練習に励んでいるらしい。

「すげえなあ。ベスト8に公立で常連なんて。関東、マジ応援してるから、頑張れよ」

彼らは、スポーツに力を入れている私立校と違って、体育館を使うことさえままならない、同じように恵まれない環境で工夫しながら練習を続けている、いわば同志だ。もっと練習ができたら、まともな指導者がいたら。そう思わない日はない。時には愚痴り、時にはその愚痴を笑い飛ばし合いながら、それでも、その環境の中でみんな最善を尽くしている。

「ありがとう」

気づけば俺の傍《かたわ》らに、静雄が立っていた。

「お前らの分も、頑張ってくるよ」

静雄と俺、そしてそいつらで拳を重ねた。

なんだかな。こういうの、単純かもしれないけど、やっぱりテンションが上がる。

横にも縦にも、つながる絆っていうの？

バド、やっていてよかったなって、マジ思う。


試合当日の朝、目覚ましが鳴るほんの少し前に目が覚めた。

軽めのランニングの後、母の用意してくれた朝食をとる。

「今日は特別な試合なの？」

母が尋ねる。

「なんで？」

「だって、いつもはよけている野菜もしっかり食べているから」

そういえば、試合だけじゃなく何でもここ一番の時は、いつも以上に朝食をしっかりとってきた気がする。

小さい頃から、ちゃんと寝てしっかりご飯を食べていればたいていい何でもうまくいく、と母親に言われてきたせいかもしれない。

「今日の試合で、高校に入ってからずっと目標にしてきた大会に出場できるかどうかが決まるんだ」

俺は照れながら、それでも正直に答える。

「じゃあ、勝てるといいね」

母は、少し目を丸くしてから、そう言った。

「うん」

母は、バドミントンのルールも知らない。

俺の試合を見に来たこともない。

だけど、俺が部活に高校生活のほぼすべてを懸けていることに、一度も文句を言ったことがない。

「好きなことがあるって、いいことよ」

そう言って、安くないラケットをこちらが恐縮するほどあっさり買ってくれたし、毎日何枚も洗濯に出す運動着をせっせと洗って干してくれている。

朝練で腹が減る、と言えば、毎日、昼食の他にもう一食分弁当も作ってくれるようになった。

ちゃんと考えたことなかったけれど、俺って、結構恵まれている方かもしれない。

関東大会が終わり、インターハイ予選が終われば、そんなバドミントン三昧の生活ともお別れだ。

後は、ひたすら受験勉強。それがふつうの高校三年生の夏休み。

不安はあるが、覚悟も一応ある。

俺は、勉強は嫌いじゃない。一番好きなものが他にあって、それがもの凄く大きな存在だから、二の次になっているのは否めないが。

それでも部活中心の中、結構まじめに勉強に取り組んできたので、俺の成績はそう悪くない。小さな積み重ねこそが基礎体力になるって知っているから、日々の授業も定期試験も、周囲が引くほどまじめに取り組んできた。俺の授業でのノートは、試験前に大人気になるほどで、地頭のいい静雄などは、それでちゃっかり俺とそう変わらない成績をおさめていた。

進路相談でも、とりあえず出した志望校には、今の調子なら大丈夫だと言われている。

だけど、バドがあったからこそ勉強も頑張れた気もする。

部活のない高校生活に耐えられるのか、正直心配だけど、そんなことを、今、心配しても仕方ない。

大事なのは、目の前の、今日の試合だ。

「目標にしていたのって、どんな大会なの？」

「関東大会だけど」

「県で、何校選ばれるの？」

いやに、今日は突っ込んでくるな。

「五校」

せめてこれくらい、顧問の吉田が関心を示してくれたら、とふと思う。

「なら、行けそうじゃない？　拓斗たち、第四シードなんでしょう？」

驚いた。

母がそんなことを知っているなんて。

吉田、完敗じゃないか。

「拓斗、何にも話してくれないから」

そう言って母は、俺がバッグに入れ忘れていた、大会のパンフレットをテーブルの上に置く。

母さん、俺の部活に無関心なわけじゃなかったんだな。照れくさいけど、なんか嬉しい。

「行けるかどうかは、やってみないとわからない。上位三校は実力が突出しているけど、あとの五校はどこが抜けてもおかしくない感じだから」

つまり、第四シードの俺たちだけが、今日のシード校の中で勝敗の読めないチームだということだ。

「もし関東大会に行けたら、母さん、見に行こうかな？」

母が、様子を窺うように俺を見る。

それはちょっと恥ずかしい。でも。

「今年は千葉だからわりと近いし来れば？　出られたとしても創部以来初出場だから、すぐ負けちゃうかもしれないけど」

きっと、これが、高校生活最後の晴れ舞台になる。

「そんなこと関係ないわ。拓斗の夢の舞台だもの」

関東大会のレベルは高い。インターハイで活躍する学校も数多く出てくる。どこと当たっても、俺たちには、夢のような時間が紡げるはずだ。

「楽しみね」

俺は、まあね、と照れながら頷く。

「俺たちの夢の舞台だけど、先輩たちの夢の舞台でもあったから。だから一年越しのリベンジなんだ、今日は」

昨年の同じ大会の県予選、俺たちの先輩チームは、最後の最後で、すぐ目の前にあった関東大会への出場権を逃した。

当時の部長の古賀先輩は中学時代から結構有名な選手だったし、他の先輩も粒ぞろいだった。そこへ、一年からレギュラー入りしていた静雄も参加して、実力的には、今のチームよりずっと上だった。

それまでの先輩たちの戦いぶりをずっと見ていた俺たちは、このチームなら、関東大会には絶対に行けると信じていた。

ノーシードからの勝ち上がりでくじ運の悪さもあったけれど、まさか六位であと一歩及ばず、なんて結果は想像していなかった。

それまでの様々な結果を総合的に見て判断すれば、実質、ベスト4の実力があったはず。だから、俺自身は試合に出ることはなく応援ばかりだったけれど、コートの中の先輩たちと同じように、本当にその結果が悔しかった。

先輩たちは、全員、悔し涙を流していた。応援席の俺たちも泣いた。

けれど、その涙が、今の俺たちを支えている。

先輩たちの汗と涙を無駄にするわけにはいかない。チームが積み重ねで強くなってきたことを、自分たちの手で証明したかった。

実際、先輩たちのその頑張りがあったから、今年のチームはシード権を手にでき、昨年より楽な展開で、様々な大会を乗り切ってこられた。

今年こそは、悲願の関東大会出場を。

そのために、俺たちのチームは、この一年、必死で練習メニューの改善に取り組み、相手チームの試合を細かく分析し作戦を練ってきた。

大会の大小にかかわらず持てる力と技、みんなの知恵を出し合って、徐々に力を蓄え、この大会で、ようやく県の第四シード権を手に入れた。

「そんな大事な試合だったら、もっと早く言ってくれたら、今日の試合も応援に行ったのに」

母は、レストランの厨房で働いているので、試合のある土日はたいてい仕事だ。

だから、見に行くためには、前もって休みを申請しなければいけない。

「今日はちょっとね。だって、公立高校の体育館でやるから、試合を見るスペースも、ほとんどないんだ」

とはいえ、会場校は公立といっても全国屈指の設備で有名な高校で、その体育館も群を抜いて設備がよく、だからこそ大きな大会の主要試合が組まれるのだが。

それに、強豪校の保護者は、会場がどうあれ、毎度集団でやってくる。正直、迷惑な時もある。そこはちょっと、という場所に陣取られたりして。

まあ、半分以上、応援団のいない者のやっかみだけど。

「そう。なら、拓斗たちが関東大会に行くことを信じて、そっちを待ってるわ」

「うん」

母に見送られ、気分よく家を出た。

駅に続く道を、ラケットバッグを背負って歩きながら、この一年を振り返る。

ここまで来られたのも、奇跡かもな。

どこを振り返ってもそう思う。それほど、俺たちのチームは、トラブル続きだった。

一番ひどい記憶が、チームを先輩たちから引き継いだ直後の、昨年の夏合宿。

体育館を占有でき、朝から晩までバド三昧なのは嬉しいが、その環境は前年にもまして過酷だった。

一番の理由は、記録更新続きの猛暑。冷房のない学校の教室での四泊五日。

熱帯夜、机を並べその上に布団を敷いて眠る。朝から深夜まで汗だくの練習に耐え抜いた体が、そんな寝床で癒され休まるはずもない。

シャワーは水しか出ない。練習直後の火照《ほて》った体ならまだしも、風呂代わりに使えば、逆に、真夏に寒さで震えあがる。

朝食は、買い出しに行ったパンと牛乳。昼は仕出し弁当。そして、夜は学校のそばのファミレス。

「温もりが欲しいよね」

つい、愚痴がこぼれる。

「温かいじゃん」

ファミレスのハンバーグセットをつつきながら、タメの歩生《あゆみ》が言う。

「なんていうか、愛情のこもった食事っていう意味で」

「バランスよく食えりゃ、なんでもいいんだ。だいたい拓斗はぜいたくなんだ。弁当も毎日二個とか作ってもらって」

「それは、うちはそういう仕事だから」

マザコン、と言われているようで、声に険がこもる。

「気持ちはわかるけど、俺たちには、自炊する体力も時間も、それに何より技術がないだろう？」

静雄が黙々と食べ淡々と言う。

「横浜湊なんて、親が集まって作ってくれるらしいよ。いいよな」

「ないものをうらやましがるより、あるものをありがたがれ。その方が精神衛生上好ましいに決まっている。さっさと食え。少しでも温かいうちに」

まったく、静雄はいつも正しい。

こいつがいるから、指導者がいなくても、練習場所がままならなくても、俺たちはなんとかやっていける。そんな安心感が静雄にはある。

俺たちも静雄を見習って、無駄話をやめ食事をすませる。

そして学校に戻って、夜のゲーム練習を終え、その年の最大の難敵、ゴキブリとの戦いに立ち向かうことになる。前年の合宿でもゴキブリは見かけたが、その年の数とデカさは半端じゃなかった。

ゴキブリには、猛暑に夏バテ、とかないんだろうか。そう愚痴りながら、手分けして罠をしかけ薬剤の力も借りる。

けれど、どこから湧いてくるのか、暗闇から忍び寄る耳障りで不気味なその音に、その姿をうっかり見てしまった者の笑えない悲鳴に、大半の部員の神経がやられた。

五日間の合宿を終えた時、さすがにタメは全員ふんばったが、一年生の半分は寝不足と疲労でリタイアしていた。

静雄は、部長として史上最悪の夏合宿をみんなに詫びたが、記録的な猛暑の中、余力を残しまともな精神状態だったのは、おそらくその静雄だけだった。

なんとかその夏合宿を乗り切ったのに、夏休みが終わるとすぐ、中学からずっと俺とダブルスを組んでいた健《けん》は、学業との両立ができず家庭の事情もあり部活をやめた。

「お前と違って、俺は成績も良くないから。今から頑張らないと無理なんだ」

健の家は開業医だから、医者になるのは絶対らしい。

ごめん、と頭を下げる健を責める権利は、俺にはなかった。

静雄の中学時代のダブルスのパートナーも、二年に上がることができず留年が決まり、そのまま部活どころか高校自体をやめてしまった。

そうやって、少しずつタメの部員が減っていき、最後にドンときたのが、不祥事での謹慎。

部活動にはまったく関係のない個人的な不祥事だったが、こういう時、体育会は、連帯責任が常。下級生たちの中には不満を隠さない者もいたが、静雄がリーダーシップを発揮して、部員全員で責任をとる形で早朝のトイレ掃除を一か月にわたって行った。

対外試合の禁止はやむを得ないとしても、日々の練習だけは続けさせてほしい、と静雄が学校側にかけあった代償がそれだった。

こういう時には、超上から目線で畳み掛けるように説教を繰り返す吉田の顔を、トイレ掃除用のモップで撫でまわす妄想を何度も繰り返すことで、俺はなんとか乗り切った。

全員で懸命に頑張ったのに、結局、当事者本人のメンタルが折れ、最後までノルマも果たさず退部していった。そいつが退部してからの残り一週間のトイレ掃除は正直むなしかったが、そのどうしようもない辛さも理解できなくもなく、怒りはなかった。

歩生などは、自らのトイレ掃除の技術、スピードの驚異的な向上に、むしろ喜びを感じたようで、人というのは、どんな環境にも慣れそこでたくましくなっていくのだと、俺は少し感動した。

入部当初十四人いたタメは、最初の夏の合宿で半分になり、そんなこんなで、三年の春には、たった四人。

こうなると、実力があろうとなかろうと、下級生を入れてチームを作らざるを得ない。

レギュラー入りした小山《こやま》は、二年の中では群を抜いてセンスがいいが、それでも戦力としては、ギリギリの線。

問題は、モチベーションの差だったかもしれない。

技量や体力の差ももちろんあったが、何より、来年もある下級生には、勝ちたいという執念が足りない。そのせいで、どの大会でも、トーナメントの上に行けば行くほど、戦いはメンタル的に厳しくなっていく。

選手層が厚くない、というか薄っぺらいせいで、試合に出ずっぱりの俺たちは、控えの選手で体力を温存している他の上位校に比べ、体力の消耗がとびぬけて激しい。

試合開始のコールの時点で、汗まみれで荒い息をし、両方の太腿が痙攣《けいれん》していることもあった。

これで最後まで試合ができるのか、と相手校に同情される始末だ。もちろん、そんなことは想定済みで、戦い抜く基礎体力にこそ重点をおいて準備してきたわけだけど。

それにも増して、強い相手と向き合うと過剰に萎縮してしまう後輩を、宥め、励まし、カバーすることにも精力を使わなくてはならない。

関東大会は二複一単で行われる。つまりダブルス二組とシングルス一組で対戦し、二勝をあげた方が、次に進める。

インターハイ予選など、主だった公式戦の予選は二複三単で行われることが多い。

その場合、静雄のように一年の頃からチームの要である選手は、シングルスとダブルスを兼ねるのが常識。そして、静雄は安定した二勝をチームにもたらしてくれる。

しかし、今回の関東大会予選では、シングルス、ダブルスのどちらかにしか出場できない。それが、二複一単のルール。

当然、静雄はエースシングルスとして、ほとんどの試合に出場することになる。

つまり、今回、後輩の小山とダブルスを組むことが一番多いのは、いつもは静雄とのダブルスがメインの俺だ。そして、今日、俺の踏ん張りがいつにもまして勝敗を分ける大一番がある。

プレッシャーはある。けど、やるしかないんだ。

俺は、上着のポケットからＳｕｉｃａを取り出しながら、自分にそう何度も言い聞かせていた。


会場校の最寄り駅で全員集合するのを待って、移動することになっていた。

例によって、小山が遅刻だ。

朝が弱い上に方向音痴。対策として、小山には少し早めの集合時間を伝えてあるが、それでもいつも遅刻する。

「また、迷ってるのかな？」

啓《けい》が首を捻っている。

「なんで、他のタメと来ないんだ？」

「一人だけレギュラーだから、ハブられてるとか？」

歩生が、冗談交じりに言う。

「俺たち、そんなことしませんよ」

「小学生じゃないんだから」

後輩たちがいっせいに反論する。

「小山だけ、家が全然違う方向で、最寄り駅も途中で落ち合う駅も違うんです」

次の部長はこいつだろうな。みんながそう思っている林《はやし》が、歩生に説明した。

「冗談だよ」

歩生が笑ってごまかしていると、スマホを耳に当てながら、ようやく小山が現れた。

電話の相手は、静雄。小山は、改札口からバス停まで静雄に誘導してもらっていたらしい。

「おはようございます」

のん気な顔で頭を下げる小山。

「全然、早くねえから」

「マジ、バカ」

「お前だけ、親同伴で来い」

全員でいっせいに突っ込む。

「いや、うちの親も方向音痴なんで」

シレッと答える小山を引きずるように、俺たちは、予定より一本遅いバスに乗り込み、会場校に向かった。

この天然ののん気さを、むしろコートで発揮してくれたらいいのに。

俺は、今日も何度かダブルスを組むはずの、小山の背中を見ながらそう思った。

「やっとここまで来たな」

「ああ」

静雄と、まだ人もまばらな体育館を見ながら、静かに言葉を交わす。

「心配するな。行けるさ」

静雄がきっぱりそう言う。

「凄い自信だな」

「やることはやった。だろ？」

「ああ」

俺は頷く。

「それに、みんなの調子もいい」

確かに。

特に第一ダブルス、啓と歩生のペアは、今大会、絶好調だ。

「ほら古賀先輩たち、もう来てるよ」

静雄が、体育館の二階の通路を指差し、大きな笑みを浮かべる。

応援席もなく、立ち見できる場所もわずかだ。そのスペースをゲットするため、こんな早朝から、先輩たちは来てくれている。

今日の勝利を一緒に喜びたい。先輩たちの想いが伝わってくる。

「にしたって、俺たちだって今さっき会場に着いたばかりなのに、先輩たち、早すぎやしない？」

「ちょっと、引くな」

静雄が苦笑する。

だけど、本当は、二人とも引いちゃいない。特に静雄は。

一年からレギュラーだった静雄にとって、先輩たちは、一緒に悔しさを分かち合った仲間でもある。

先輩たちの熱い想いは、俺以上にちゃんとわかっている。


アップを終え、いったん、チームが陣取っている場所に戻った。

一試合目のオーダーを決めなくてはならない。

とはいえ、俺たちのチームができるオーダーの選択肢はそれほどない。

シングルスを諦めダブルスを二つ取りにいくのなら、小山をシングルスにして、俺と静雄がダブルスを組む。あとは第一と第二を入れ替えるかどうか。

あるいは、静雄のシングルスともう一つダブルスを取りにいくのなら、俺と小山がダブルスを組み、啓と歩生のペアと、どちらのダブルスを捨て駒にするか。あるいは次の試合へ温存するか。

相手チームによって、少ない選択肢の中から最善を選ぶ。

ところが、静雄が提案したオーダーは、今までにないイレギュラーなものだった。

準々決勝、ここまで絶好調の啓と歩生が第一ダブルスに。これは問題ない。

ところが、シングルスを任されたのは俺だった。

そして、第二ダブルスを静雄と小山。

「もちろん、最初の一勝が今日の要だ。ここは絶対に落とせない。だけど、その次の次、そこを落とすこともできない。ここは、できれば俺と小山のダブルスなしで、ストレートで勝ち上がりたい」

静雄は俺を見てそう言った。

関東大会に出場できるのは五校。

ここを勝っても準決勝の相手は、昨年のインターハイの覇者横浜湊なので、正直、俺たちとは次元が違う。

何度も自分たちに言い聞かせているように、俺たちにとって重要なのは、決勝に進んだ二校を除いて残った六チームで三位以下の順位を決める戦いだ。

順位決めのトーナメントでシード権さえとれれば、一度勝てば四位以上は確定なので、その時点で関東大会への切符は手に入る。予想される相手は二通り。けれど、どちらと当たってもシングルスは静雄に分がある。

仲間を信じ、その先の絶対に負けられない戦いのために、静雄は自らの温存を決めたらしい。

「けど、拓斗のシングルス、地区大会以来じゃない？　大丈夫なのか？」

歩生が心配そうに言う。

地区では、それでもうちのチームが最強なので、俺たちは、色々なオーダーを試す。つまり、逆に言えば俺のシングルスはその程度。ちょっと試してみましたけど、的な。

「向こうのシングルスは、たぶん山内《やまうち》だろう？　個人戦で何度かやったよな」

静雄が俺に視線を向ける。

「ああ」

「勝率って、どんな感じだっけ？」

歩生が尋ねる。

「二勝一敗かな。しかも全部ファイナル」

五分五分ってとこか。静雄以外の全員の顔にそんな表情が浮かぶ。

「昨日のゲーム練習で、古賀先輩と打ってる拓斗を見て、これならいけるって思った。こいつ、古賀先輩にストレートで勝ったんだ」

静雄が、みんなをグルッと見回しながら冷静にそう言う。

「マジか？」

啓と歩生は、ダブルスのゲーム練習に集中していたから、知らなかったようだ。

「けど、拓斗、この一年で凄く強くなったもんな」

啓が頷きながら言う。

「体つきも変わったよな。やっぱ、弁当二個のおかげか」

歩生が、真剣な口ぶりで言うから、誰も突っ込まない。

「違うし」

とりあえずそこは否定したい。

弁当のおかげもあるだろうが、地道な基礎トレと、部活以外にも積み上げた日々の自主トレが、一番の要因であるはず。

「じゃあ、彼女ができたからだ」

歩生が、今度は含み笑いを浮かべて言う。

俺は、歩生を睨みつける。なんで、このタイミングで発表する？

別にいいじゃん、とでも言うように歩生はしれっとした顔で俺の視線をスルーした。

わざわざ遠くの映画館まで足をのばしたのに、二人で手をつないでいるところを、ばっちりこいつに見られた不運を俺は今さらながら悔やんだ。

「マジかよ。誰？　相手」

啓が、予想通りこれ以上はないというネタにパクッと食いつく。

「試合に関係ないだろう」

興味津々の啓に、しかし、俺は冷たく答える。

「気になって集中できないじゃん。言えよ」

絶対言わない。お前も言うな、と俺は歩生を睨んだ。

「もうすぐ来るよ。応援に来るって言ってたから」

歩生が俺の睨みを無視して、サッサと答える。

「っていうことは、女子のバド部？」

「もちろん」

歩生、いいかげんにしろ。マジ、切れるぞ。そう言いかけた俺を無視して、歩生がおどけた調子でこう言った。

「誰かと言えば、ジャジャーン、二年の彩音《あやね》ちゃんでーす」

歩生、お前に一番欠如しているのは、場の空気を読むこと。それは絶対、今ここで言うべきじゃなかった。

予想通り、それまで黙ってにやにやしていた二年生が、いっせいに俺を睨む。

俺の彼女、宮里《みやさと》彩音は、その笑顔から一、二年男子にバド部のオアシスと呼ばれているらしい。まあ、俺にとっても、そういう存在なのだが。

「なんで拓斗なんだよ」

小山が代表してそう言った。しかも、先輩への敬意はいっさい取り払われ、俺は呼び捨てにされている。

そう言われても。

勉強教えてくれって言ってきたのは向こうだし、それでいい感じになって、けど同じ部でつき合うのはまずいかと自重していたら、やっぱり向こうから告ってきたわけで。

そうなれば、俺には、あんな可愛くて優しい子、断る理由なんて一ミリもない。

「断固反対」

林、しっかり者のお前までそっちか。

けど、そんなの、関係ないけどね。

部活中心の俺の生活サイクルも、ちゃんと理解してくれる。時々、こっそり二人でシャトルを打つだけで十分に幸せだ、と言ってくれる彼女なんだぞ。

悔しかったら、好きな子の手助けができるくらい、勉強もちゃんと頑張っておけばいいんだ。

お前ら、赤点ばっかかじゃないか。

お前らの追試やレポートだって、俺と静雄が、何度手助けしたと思ってるんだ。

「もういい？　オーダー提出してくるけど」

ダンマリを決めこんでいる俺をチラッと見てから、静雄が冷静な態度で、みんなを収めてくれた。

いつも申し訳ない、と俺は静雄に目配せする。静雄が微笑み、言葉を続ける。

「なんにしても、拓斗がシングルスもダブルスもここにきてグンと強くなったのは事実だ。だから、ここは拓斗に任せる。それに、万が一負けても、俺と小山が頑張ればいいだけだ」

できるよな。静雄が、まだ口をとがらせている小山にそう言った。

小山はあわてて、ハイッと頷く。

いや、そうなったら静雄を温存できないのだから、このオーダーの意味がなくなる。

つまり静雄は、暗に、ここは貸しておくから絶対に勝て、と俺に言っているのだ。

勝負の準々決勝が始まった。

この大会、ずっと、第一ダブルスとして確実な一勝を積み上げてきた啓と歩生が、まずコートに立った。

結果からいえば、2―1、勝つには勝った。

だけど、予想よりかなりもつれた。二人の実力からすれば、これほど競った試合になるはずがないのに。

二人揃って動きが鈍いのは、緊張のせいなのか。それなら、ゲームをこなしていくうちに、心も体もほぐれていくだろう。

そうでないとすれば、この先の戦いは相当厳しくなる。

一方、俺は、思っていたよりシングルスのコートに早く馴染み、体の動きもよく、危なげなくストレートで一勝を勝ち取った。

直前に、古賀先輩といつもよりレベルの高いシングルスのゲーム練習ができたことがよかった、としみじみ思う。貴重なアドバイスもたくさんもらった。試合を終えて、すぐに古賀先輩の姿を捜す。目が合うと、先輩は、拳を掲げて応えてくれた。

あの暴露事件の後、すぐに他の女子部員と連れだってやってきた彩音も、コート脇で応援してくれていた。その笑顔にも、もちろん背中を押してもらった。

ばれたものはしょうがない。

開き直って、俺は勝利のVサインを彩音に向け、女子の嬌声と後輩男子のブーイングを笑顔で浴びる。

念願の準決勝進出。

一抹の不安はあった。

啓と歩生の予想外の不調。けれど、もし不調が本物なら、それはチーム全体でカバーするしかない。

この大会ここまで、啓と歩生は、俺たちを引っ張り続けてくれたのだから。


準決勝は、優勝候補、というより優勝確実な横浜湊高校。

気持ちを切り替えるには、ある意味いい相手だ。奇跡が起きても、俺たちの勝利はない。せいぜい競ったゲームができるぐらいだ。

俺たちの目標は、あくまでも関東大会の出場権。

ここでの消耗は絶対に避け、体力を温存し、次の順位決定戦に備えなければならない。

前の試合で啓と歩生の調子が悪かったこともある。

次の最重要な試合での二人の体力を考えて、今度は俺と小山が第一ダブルスとしてコートに立った。

横浜湊の双子のエースダブルス、ツインズ相手に、俺たちは完敗だった。

ラリーがほとんど続かない。三打目には、相手のポイントが決まっている。ファーストゲームは、その繰り返し。こちらのポイントは、ほぼ向こうのミスという情けない試合運びで、結局7点しかとれなかった。

けれど、レベルが桁違いなペアと向き合ったことで得るものもある。

萎縮しっぱなしの小山を叱咤激励すればなんとかなる相手ではないので、俺は、目の前で繰り広げられるツインズの巧みなプレーに意識を集中した。

やられっぱなしに絶望するより、今このコートでしか得ることができない貴重な体験を、きっと次の戦いの糧にする。そう自らを励まし続けながら。

それに、いくら力の差が大きくても、試合は、最後の一打が決まるまで何が起こるかわからない。圧倒的な力の差を前にしても、自らゲームを投げ出してしまうことだけはしたくなかった。

体力は温存したい。けれど、それはあくまでチームとしてであって、コートに立てば、力の限りを尽くすのはあたりまえのこと。

その気持ちを崩さず俺が踏ん張っていれば、小山もとりあえず前を向くはず。そう信じて、俺はシャトルを追い続けた。

そして、セカンドゲームの後半にきて、ほんの少しだけれど、俺たちは、成長の実感を手に入れた。

最初はまったくついていけなかった彼らのスピードに、最後の最後で、目だけでなく体もついていけるようになった。俺だけじゃない。小山も、開き直ったのか、動きがグンとよくなった。

おかげで、相手のミスではなく、こちらのゲームメイクで点数を積み重ねることもできた。全国でもトップクラスのダブルス、ツインズ相手の18得点は、俺たちには誇らしい勲章になった。

「一緒に、関東、行こうな」

試合が終わった後、握手を交わしながら、ツインズの兄、東山太一《ひがしやまたいち》が俺にそう言ってくれた。

「頑張るよ」

「強くなったもん。絶対行けるって」

弟の陽次も笑顔で、手を差し出す。

二人とも、何度かの合同練習を通して、コートを出れば、今ではいい友人だ。

この強豪校と何度か一緒に練習できたことも、今日のこのコートにつながっている。

もし、本当に強くなっていると感じてもらえたのなら、それは、そうやって手を差し伸べてくれたたくさんの仲間のおかげだ。

俺は、ネットを挟んで、二人に深々と頭を下げた。

次にコートに立った静雄も、無理はしなかった。

静雄にとって対戦相手の松田は、関東大会の県予選が終わればすぐに始まるインターハイ予選のシングルス個人戦のライバルでもある。松田は第二シード、静雄は第三シード。

この試合では、一勝にこだわるより次につながる一打を。静雄の試合運びからは、そんな想いが感じ取れた。

19－21、17－21と、ストレートで負けはしたが、松田は、神奈川の代表どころか、今年はインターハイでの個人戦シングルス優勝を、同じチームの水嶋と競るようにして狙っているほどの選手だ。静雄にとってはまずまずの出来だったはず。

試合終了後、俺たちは横浜湊のメンバーと何度も肩を抱き合い、拳を重ねた。

彼らは関東大会出場を決め、その上で決勝へ。

俺たちは、関東出場の切符を手に入れるため、順位決定戦へ。

今回は出番がなかった横浜湊のエース水嶋と静雄は、中学時代のチームメイトで今も親友同士だ。

横浜湊が、俺たち相手に控え選手ではなくレギュラー陣で臨んできてくれたのも、きっと彼らの友情が根底にあったからこその、俺たちへのエールだったはず。

その気持ちに応えるために。

俺たちは、決意も新たに、四位以上を決める順位決定戦に臨んだ。

相手チームは、シード校ではなかったので、俺たちより一つよけいに試合をこなして、上がってきている。

体力的なアドバンテージはこちらにあった。

今までの対戦データから見て、精神的なアドバンテージもこちらにあるはずだ。

静雄は、考えられる最良のオーダーを組んだ。

前の対戦で体力を温存していた啓と歩生が、満を持して第一ダブルスのコートに出た。

けれど、試合は、こちらの思惑とはかなり違い、一ゲーム目から体力勝負の激闘になった。

激しいラリーの応酬が繰り広げられ、ミスは致命傷になり、体力はそぎ取られていく。

お互いに一ゲームずつをとりあったあと、ファイナルも27点までもつれ込み、結局は相手に取られてしまった。

最悪の展開で、この大会、二人は初めて負けた。それも、一番勝ちたかった試合で。

プレッシャー。一勝の重み。

あと一つで四位以上が決まる。それは、五位までが行ける関東大会の切符が手に入るということだ。

もし負けたら、五位決定戦にまわる。

対戦表から見れば、そこにやってくるのは今の相手よりずっと格上の強豪校だ。そうなれば、また、俺たちの手から関東大会への切符はこぼれ落ちてしまう可能性が高い。

皆の願いを一身に背負って、後のないゲームに静雄が臨んだ。

しかし、俺たちの誰より強靱な精神と肉体を持っている静雄でさえ、プレッシャーの餌食になった。

実力的にはストレートで勝っても当然の相手に、一ゲームを落とし、勝負はファイナルにもつれこむ。

だけど、さすがに静雄は、肝の据わった頼れるエースだ。

何度もチームの勝利を背負って修羅場をしのいできただけあって、気持ちの切り替えやリズムの整え方がうまい。

開き直って力がうまい具合に抜けたのか、ファイナルゲームは、危なげないゲーム運びで12点の大差をつけて勝ち取った。

これで、勝負は五分に戻った。

第二ダブルスの俺と小山が勝てば、関東大会へ。負ければ、おそらくその夢は消える。

静かな緊張感の中、俺たちはコートに立った。

ファーストゲーム、ラブオール、プレー。

二複一単で戦う今大会をしのいでいくために組んだ急造のペア。

パートナーである小山と俺の実力差というより、ダブルスのペアとしての経験が致命的に少ない。それをカバーするために、今大会、俺たちは、無理にローテーションはしないことにしていた。

俺が辛抱強く前衛でラリーをコントロールし、上背があり強力なスマッシュの打てる小山のチャンスの一打を演出する。これが俺たちの、今できるただ一つの必勝パターンだった。

一ゲーム目は、それが驚くほどうまくいき、21－8と、予想よりもかなり大差で勝利をもぎ取った。

あと一ゲームとれば、願い続けてきたものが手に入る。

はやる気持ちを抑えるために、俺は気合の声をあげる。ベンチもそれに応え、大きな声援を送ってくれた。

みんな、気持ちは一つだ。

チームの願いが一つになって、俺たちのコートを見守っている。

俺は、それを自らの力に変える術を知っていた。重ねた経験が、心身を一つにまとめ上げていく。

が、つい最近レギュラー入りしたパートナーの小山には、その経験が少なかった。

今までで一番のプレッシャーのせいなのか、何度も、ここ、という決め球でミスを連発する。

どうした？　そんなに緊張するような相手じゃないぞ。朝の、あのとぼけたお前でいいんだよ。

何度かそんなことも囁いてみたが、耳に入っているのかどうか。小山はただ頷くだけ。

結果、ゲームの初っ端から5点を連取され、その差をつめられないまま、6－11でインターバルへ。

インターバルでは、静雄が、俺のアイシングもそっちのけで、小山のテンションを上げようと、笑顔で励ましの言葉を並べたてていた。

少し離れた場所で、汗を拭き、見かねてやってきた歩生に団扇《うちわ》で風を送ってもらいながら、俺は水分をしっかりとる。

そして、結構冷静にこう思う。

だけど、こんな状態になったら、言葉での精神的な挽回は難しいかもしれない。

それなら、俺ができることは何？

今まで以上に、小山をカバーし、プレーで叱咤激励することしかない。

どんなに辛くても、最後の一打が決まるまでこのコートで戦い抜くしかないのだと、小山に自らのプレーでわからせるしかない。

相手も、連戦で疲れている。

特に、片方は、あきらかに足に疲労がきている。

サービスから揺さぶって、前も後ろも関係なく足を運び、ラリーの主導権さえ手に入れれば、点差はつめられるかもしれない。もう少し僅差になれば、小山も精神的にラクになるはずだ。

そうすれば、きっとミスも少なくなる。

小山のメンタルが改善するまで、俺の体力勝負だな。

こうなると、体育館がろくに使えず、基礎トレに時間を多く割かざるを得なかったことさえ幸運だった気がしてきた。

おかげで、連戦の疲れも思ったより少なく、不思議なほど足は動いている。ギリギリの状態にも不思議と焦りはない。

やれる。

いや、やる。やるしかないんだから。

ベンチに戻る静雄に、俺は大きく頷く。静雄は、何もかもわかっているように微笑んだ。

インターバルの後、俺は、相手の少し浮いたサービスを思い切って叩き、まず1点をとり返す。精神的に有利になるには、これが一番有効。

その後も、相手コートの弱点をつきまくった。

少し無理をしてでも、弱ってきている方の選手を狙い続ける。作戦としては単純であたりまえのその戦い方が、ラリーを長引かせることで功を奏し、じりじりと、点差がつまってきた。

18点で追いついた。

しかし、だからといって、波がこちらにきている状態でもない。

小山も相手と同じように、集中的に狙われていた。小山の場合は体が疲れている、というより、弱気の穴を攻められているのだろうが。

何度もいったりきたりを繰り返し、24－23。

小山の状態を見れば、ここが限界だ。このゲームだけでなく、ここを踏ん張れないと、次も危ない。

これで決めるしかない。

悪いけど、最後の一打まで、俺はお前を狙うよ。

汗にまみれ、おそらく、痙攣のため痛みがひどい太腿を何度も掌で叩いている相手コートの彼を、俺は見据える。

「集中」

そのタイミングで静雄の声が届く。

俺は、気合の一声でそれに応える。立っているのがやっと。そんな様子だった小山も、つられるように声をあげラケットを上げた。

大丈夫、ちゃんとやれる。やるんだ。

ようやく勝利への執念を見せ始めた、小山の心の声が聞こえてくるようだ。

その姿に、俺自身のテンションもさらに上がる。

ここまで二本続けてロングサービスを打ち込んでいた。相手の運動量を少しでも増やすように。

次もロング、相手はそう思っているはずだ。

苦しそうに肩で息をしている相手の目を見て、俺はそう判断した。思い切って、ネットすれすれに、ショートを打ち込む。

あの足のダメージでは、何とか返すのが精一杯のはずだ、と思ったからだ。

三打目にはラリーの主導権を手に入れ、なんとしても、チャンスは俺が作りだす。

だから、相手が時間かせぎに甘くつないできた球を、狙い定めて相手コートに突き刺せ。

俺の意図は、おそらく小山にも伝わっている。

もしこの期に及んでも、こんな簡単な作戦さえ汲み取ることができずにいるなら、俺は一人で戦うしかない。このコートはシングルスのコートだと思って。

だけど、きっと、今の小山ならわかってくれるはず。

この大会、ずっと一緒に戦ってきた。どの試合も、プレッシャーに押しつぶされそうになりながら、それでも必死でくらいついてきてくれたのだから。

ところが、そんな必死な俺の気持ちを、現実はあっさり裏切った。

相手が、無意識に後方に移動しようとしていた重心を慌てて前に移し、一歩前に踏み出した時だった。

信じられないことに、俺が打ち込んだ球は、そのまま相手コートにポトッと落ちた。

相手のラケットは球をとらえることもなく空を切り、足をもつれさせた彼はコートに転がってしまった。

あまりに予想外の展開だったせいで、一瞬、何が起こったのかわからなかった。

コートの俺たちより先に、ベンチからいっせいに歓声があがる。

勝ったのか？

俺は背後の小山に顔を向ける。小山も呆然としている。

まだ何の実感もない。けれど、体は身についているしぐさをこなすらしい。

相手コートの選手たちと握手を交わした後、俺は勝者サインをスコアシートに記すため主審のもとに歩み寄る。

少し震える手でサインを終えた直後、静雄が、次にどこに足を向けようかとためらっていた俺の背中に、ダイブするように飛びついてきた。

「信じてたよ。絶対お前ならやってくれるって」

いつも冷静沈着な静雄にはめずらしいハイテンション。そして、少し上ずった声。

驚きすぎて、背後の静雄に身を預けたまま、俺は、うん、うんと頷くことしかできない。

けれど、さすがそこはエースで部長。すぐに啓と歩生、他のベンチメンバーを視線で整列させることは忘れなかった。

ズルくねえ、自分だけ。俺だってハグしたかったし。

歩生が口をとがらし、そこかよ、と啓におしりをポンと叩かれていた。

相手チームと挨拶を交わし、コートを出る。

いてもたってもいられなくなったのか、二階から下りてきて最後はコートの周囲で応援してくれていた先輩たちから、でっかい歓声が飛んできた。聞き取れる言葉はほとんどない。たぶん、叫んでいる本人たちもよくわからない、意味をなさない雄叫《おたけ》びばかりだったはず。

どこを見回しても、笑顔。

俺は、仲間の笑顔に囲まれながら、他の試合の邪魔にならないよう、いったん、体育館の外に出た。

熱気で息苦しい体育館とは違い、外は心地よい風が吹いていて、ホッとしたのか、ようやく心と体が喜びに包まれる。

最後まで、とにかく最後まで踏ん張った小山の肩を、俺はポンと叩く。

「ありがとうございました。先輩、俺、……」

「よく頑張ったな。俺たちで関東を決めたんだぞ」

「でも、足を引っ張ってばかりで」

「いや、ちゃんと頑張った。だから、勝てたんだ。ダブルスのコートは、二人で一緒に戦わなければ絶対に勝てない場所、そうだろ？」

小山は頷きながら、二年の仲間から差し出されたスポーツタオルに顔をうずめて泣いた。

俺もつられて泣きそうになったが、なんとか堪える。

彩音が、視線の端に見えたから。

試合中、ずっと祈るように固く組んでいた指をほどき、今は笑顔で他の女子部員と一緒に拍手をしてくれている。

あ・り・が・と・う。

声を出さず、彩音に向けて口をそう動かす。

彩音が、周囲に冷やかされながら、それでもさらに笑顔を大きくする。

女子バドミントン部は、ベスト16でこの大会を終えた。それでも、県大会出場も難しかった一年前に比べれば大躍進だ。

今年の男女の部長同士が、色んな意味で仲がいいこともあり、合同練習がスムーズにいき、女子のレベルが上がったのは間違いない。

持ちつ持たれつで、こうして、男子の応援にも全員で来てくれている。

私立の強豪校に比べ応援が少ない俺たちにとって、貴重なモチベーションアップの源だ。

そんな中、顧問の吉田だけが、少し離れた場所でわけがわからずきょとんとしていた。

このゲームが、あの一打が、関東大会出場を決めたのだということを、未だに理解していないらしい。

俺は、静雄に、なんとかしろよ、と目で合図した。

静雄が、静かに吉田に歩み寄っていった。

「先生、今の試合に勝ったので、俺たちの四位以上が決まりました」

吉田は黙ったまま。

「つまり、俺たち、関東大会に行けるんです」

「えっ、でも、まだ試合があるよね」

「今度は、三位を決める試合です。負けても四位なので、五位までが出場できる関東大会への切符は、もう手に入りました」

小学生相手のように、静雄は、丁寧に説明した。

おかげでようやく吉田も理解したらしい。

「凄いな。関東大会、夢みたいだね」

その能天気ぶりが、俺たちには夢みたいです。というか、関東大会に引率してくれる気はあるんですね。安心しましたよ。

などと口にできるはずもなく、俺たちは、小さなため息をつき、同じような苦笑いを浮かべた。


次の三位決定戦、はっきり言って、俺たちの気力、体力はもう限界だった。

それでも、今後の個人戦への布石、次世代への想いもあり、俺と静雄で第一ダブルス、小山がシングルスに出場した。そんな俺たちの状況は相手チームも十分わかっていたはずだ。しかし、彼らはそれでもベストメンバーを揃えて、試合に臨んでくれた。

侮れない、そう思ってもらえたことが、嬉しかった。

この一年、俺たちの頑張りを見ていた人は、仲間だけじゃない。他のチームも、ちゃんと俺たちを見て、認めてくれていたんだ、と実感する。

だから、どんなに苦しくても厳しくても最後まで精一杯戦い抜くこと。静雄の言葉に全員で頷く。

結果的には、２−０のストレートで負けてしまった。

それでも、一つ一つのゲームに収穫はあった。相手は、県の第三シード。俺と静雄は、ファーストゲームをとり、ファイナルに持ち込むことができた。

19−21、ファイナルもあと一歩まで追い込んだ。

コンディション次第では、と期待が持てる、いい経験値を手に入れることができた。

関東大会の前に、次のインターハイの予選が始まる。

団体戦の県の代表は、たった一校。俺たちにとって、インターハイは、まだまだ遠い先にある夢物語。だけど、行けるところまで俺たちが精一杯頑張ることが、後に続く後輩たちへの一番の置き土産になる。

体育館もろくに使えない。指導者もいないに等しい。

それでも、俺たちは、ここまで来た。だから、ここからも進めるはずだ。

その想いを胸に、俺たちは、また新しい戦いへの道を歩き出す。

一意専心。

恵那山《えなやま》高校、バドミントン部の深紅の応援横断幕には、金色でそう染め抜いてある。

俺たちは、その言葉通り、わき見せず、ひたすら関東大会への道を走り続けてきた。

天才なんて一人もいない。これからも入部してくる可能性なんてない。そういう奴らはみんな、もっと環境の整った強豪校に進学するのだから。

だけど、俺たちは、俺たちなりの夢の切符を手に入れた。

そしてこれを最後にする気もない。

表彰式が終わり、それぞれのチームが帰路につき始めた頃、用事があるから、と急いでいた顧問の吉田を見送り、人気の少なくなった体育館の脇で俺たちは円陣を組んだ。

「関東に行ければそれで満足か？」

「まだまだ」

静雄の声に全員が応える。

「関東でも、勝利を重ねるぞ」

「おう」

「ラブオール」

「プレー」

チームの声が一つになった。新しい一歩の始まりだった。


受験が終わり、俺たちは、それぞれ新しい道を歩き出した。

もちろん、俺は、大学でもバドミントンを続けている。大学の部活で一緒になった奴に、関東大会で聞いたこともない神奈川のしょぼい学校に負けてへこんだ、と言われ爆笑した。相手、俺たちだったからね、と。

関東大会初出場、初戦突破。それは、俺たちのチームにとって、次へのこれ以上はない置き土産になった。

そんな俺のスマートフォンに、今はエースとして頑張っている小山からＬＩＮＥが届いた。

新しい顧問が、すっげえいい先生で感激です。毎日部活に来てくれて、体育館の練習もちゃんと確保してくれて、おまけにポケットマネーで給水ポットを買ってくれました。

不憫だ、そして切ない。
本来あってあたりまえのことが、こんなに嬉しいなんて。

よかったな。
頑張れよ。俺たちもできるだけ協力する。試合前の練習相手が必要な時は、連絡してくれ。

で、彩音姫とまだ続いているんですか？
早く大学でいい彼女見つけて、俺たちにオアシス返して下さいね。

おあいにくさま。うまくいってるから。
俺はいつだって、ラブオールだよ。

一回死んだらどうっすか？　よくそんな恥ずいこと言えますね。

ほっとけ。

ちなみに、今日はデートだから。

誰と、とは書いていないからまるっきりの嘘ではない。

卒業してから別の大学に通っている静雄と、今から久しぶりに会う。静雄の家は一人親家庭で本人は大学進学を諦めていたが、その文武両道の頑張りを惜しんだ担任が給費生制度のある大学を勧めてくれ、アルバイトで家計を助けながら大学に通い、サークルでバドミントンも続けている。

俺と静雄は、二人でダブルスを組み、地域の大会にも機会あるごとに出ている。卒業して別々の場所で過ごすようになってわかった。誰とコートに立っても、静雄以上のパートナーはいない。同じ想いを感じてくれているからこそ、静雄も俺とのコートを優先してくれているのだろう。

俺たちに特別な才能はない。

できることをできる場所でこつこつやり続け、ただ好きなもののために汗を流すだけ。名誉も栄冠も、誇れるような結果は今までもなかったし、きっとこれからもない。

けれど、きっと俺たちはコートに立ち続ける。

そしてあと何十年、シニアの大会でだって、コートに入れば二人で優勝を目指す。

続けることが、夢をつなぐこと。そう信じているから。

集合場所は、あの関東大会の前にゲーム練を積んだ区のスポーツセンター。そこには、静雄の親友、水嶋亮も来ることになっている。

インターハイ王者水嶋亮とバドができるなんて、これはもう果報としかいえない。

すっげえ、嬉しい。早く戻らないと。家に帰って着替えて、ラケットを背負って。

俺は、カバンにスマホをしまい、弾むように駅へと駆けだした。

第三章　ツインズ

どうして、野球をやめたの？

何度も訊かれた。あたりまえかもしれない。リトルリーグの全国大会で優勝したチームにいたのだから。しかも双子の兄太一は決勝点をたたき出した四番打者で、弟陽次はエースだった。

両親を含め周囲には、二人は、甲子園、プロ野球への道を歩んでいくのだと、少なくともそれを夢見て懸命に努力していくと思われていたはずだ。

そのたびに、陽次自身も答えを探したけれど、自分でもよくわからなかった。

野球が嫌いだったわけでもなく、やめたかったわけでもない。

グラウンドで時に感じることができる、清々《すがすが》しい風のかけらもない。真冬なのに、半端じゃなく蒸し暑く汗の臭いが充満していた。しかも、慣れないせいなのか、シューズが床をこするスキール音は、ひどく耳障り。

そんな体育館で、生まれて初めてバドミントンという競技に出合った。

そして、その瞬間、湧き上がってきた躍動感にしびれ、心と体が同時にバドミントンを選んだ。

小学生最後の冬休み、二人は、市のスポーツセンターで開催されたバドミントン教室に、父親に連れて行かれた。

二人の父親は、市役所に勤めている。地域スポーツの振興をはかるために市が主催したバドミントン教室、その初心者の部の参加者に急にキャンセルが出たらしい。ようするに、数合わせのため、二人は引っ張り出されたわけだ。

ラケットは、父親がどこからか調達してきた。揃いのウエアーも少々サイズは合わなかったけれど、何とか間に合わせてくれた。野球のユニフォーム以外の運動着を着るのは、二人とも初めてだった。

陽次は、少し照れて太一と笑い合う。

ラケットを握るのも初めてなので、二人は初心者ばかりのコースで、ラケットの持ち方や素振りを一から習った。素振りの後、経験者と二人一組になって基礎打ちを始めた。

初心者なのに器用にラケットを操る陽次の姿を見て、コーチに来ていた地元出身の元オリンピック代表選手だったという女性は、驚いた声を出した。

「本当に初心者？　とっても上手だわ」

「ラケットを持ったのも初めてです。ずっと野球をやっていたから」

陽次の答えに、「ああ」と、納得したように、その人は何度か頷く。

「野球をやっている子って、肩の使い方が上手だよね。球をとらえる距離感もいいし」

それから、陽次の隣にいる太一に視線を移して、目を見開いた。

「あれっ？」

その人は、もう一度、食い入るように陽次を見る。

「兄弟？　もしかして双子？」

「はい」

二人は声を揃える。

「本当にそっくりね。顔も似ているけど、動きもそっくり。ダブルスを組んだら、最高に面白そう」

「はい？」

「バドミントンには、シングルスとダブルスがあるの。君たちは、とっても筋がいいからシングルスでもそれぞれ相当強くなれるだろうけど、ダブルスなら、もっと強くなれるかも」

ダブルス、つまり二人で同じコートに立つ場合、お互いの技術力は当然だが、それ以上に二人のコンビネーションが大切。

大の仲良しである必要はないけれど、コート上ではお互いの理解者であるべき。兄弟、それも双子なら、理想的かもしれない。

その人は、自分がダブルスのプレーヤーだからなのか、他の参加者はそっちのけで、太一と陽次に、バドミントンのダブルスの面白さを説明してくれた。

二人は、退屈もせずその話に耳を傾けていた。

二人一組。コンビネーション。一心同体。二人にとって、耳障りのいい響きがてんこ盛りだったから。


参加者のミニゲームが始まる前に、模範ゲームがあった。

ダブルスの試合だった。

太一と陽次は、コート脇で、自分たちを教えてくれたコーチの応援にまわる。彼女は、高校時代のパートナーと一緒にコートに立っていた。

あの二人はインターハイで優勝した凄いペアなのだ、と二人のすぐ近くにいたオジサンが教えてくれた。

「ラブオール、プレー」

審判がそうコールすると、試合が始まった。

「何、今の？　プレーボールってこと？」

陽次の言葉に、太一が、たぶん、と頷いた。

「変なかけ声」

「ラブってね」

顔を見合わせてクスクス笑っている二人に、またさっきのオジサンが声をかけてきた。

「ラブっていうのはゼロっていう意味だ。ゼロから始まる、いい言葉じゃないか」

ゼロから始まる？

あたりまえじゃん。でも。

「教えてくれてありがとうございます」

太一がていねいにオジサンに頭を下げた。陽次もあわててそれをまねる。

「なんかいいね」

太一が陽次にそうささやく。

いつだって、同じことを感じる。それは、二人にとってはあたりまえだけど、やっぱり嬉しい。

陽次は、コートに視線を戻す。

どちらのコートにいる二人も、前後左右、まるで次に球がどこに飛んでくるのかがわかっているように、めまぐるしく互いのポジションをチェンジしている。

それは、初めてバドミントンの試合を見る陽次にとって、スポーツというよりは、まるでダンスの舞台のように見えた。

「凄い。格好いい」

陽次は、同じ言葉を何度も繰り返す。

「うん」

太一も隣で、必死に球の軌道を追っている。

「あっ、今のフォークだね」

「うん、今度はシュート」

「いや、あれスライダーだから」

野球とは全然違うスポーツのはずなのに、シャトルは、ピッチャーが投げる球ととてもよく似た軌道を描いていく。

あんな羽がついた球を、しかもラケットで操って、野球のボールと同じような軌道を描かせる技術力に、陽次は感動し魅了されていった。

模範ゲームということもあって、コートでは、ややアクロバット的なショットも何度か披露された。

股の下から球を飛ばしたり、とっさにラケットを右手から左手に持ちかえて球を打ったり、転倒した後でバネ仕掛けのように飛び上がって球を返したり。

集まった子どもたちはもちろん、大人も大喜びだった。もちろん太一も陽次も、大きな拍手を繰り返していた。

最後に、参加者全員でミニゲームが行われた。太一と陽次は、もちろん、一緒にコートに入った。

初心者同士ではラリーも続かないので、初心者の相手コートにはコーチや経験者が入り、相手をしてくれるらしい。

陽次たちの相手コートには、あのコーチが一人で入った。

運動神経には絶対の自信がある陽次だったが、初めのうちは、ラケットに球を当てるのが精一杯だった。

素振りや基礎打ちでは結構いい線いっていると思っていたのに、実際ゲームになり相手の活きた球を打つとなると、自分たちの打ち返した球がどこへ飛んでいくのかさえ、さっぱりわからない。

陽次が意図した方向とは、まったく違う場所に飛んでいくことの方が多かった。

けれどなんとかネットを越えて相手コートに入った球は、交互に、太一と陽次の打ちやすい場所に的確に返されてくる。

ラリーが続くことは嬉しかったけれど、いいようにコントロールされ、あしらわれていることが、陽次はだんだん悔しくなってきた。

二人はローテーションについては何も教えてもらっていない。だから、野球と同じように太一が陽次を見守る態勢で、自然に分かれたエリアを必死で守っていた。

それなのに、気づいたら、いつのまにか二人はローテーションを始めていた。

それぞれに、模範ゲームで見たコーチたちの動きを必死で思い出し、互いの位置取りを考えるようになったのかもしれない。考えることで自然と体が動きだす。これは野球でつちかってきた経験でもある。

二人が、そうやって考えてコートを動きだすと、相手コートにいるコーチの表情がだんだんと変わっていった。

次の瞬間、今まで待っていた場所に返ってきていた球が、二人のラケットが届かない場所に放り込まれた。

陽次がその球を追いかける。太一はそのせいで空いた場所に素早く移動する。コーチは、その様子を見て嬉しそうに笑う。

陽次がなんとか返した球は、サイドラインを大きく割っていたけれど、コーチはそれを拾って、また二人のコートに高い球を返してくれた。

スマッシュを打ったことはなかったけれど、スマッシュを打つのに絶好の球だということは、感覚でわかった。

陽次はとっさに、その球に走りこめる場所にいた太一の名を呼ぶ。

太一は陽次の声と同時に素早く球の下に走りこみ、跳び、高く伸ばしたラケットでその球をとらえた。

スパン、という小気味いい音を期待していたけれど、太一のラケットはスコッという情けない音をたてた。

球の行方を追うと、ふらふらと音どおりの情けない軌道を描いて、ネットにからまりながら相手コートに落ちていった。

あまりに不甲斐ない球だったせいか、その球を返すことは、さすがにコーチもできなかったらしい。

シャトルがコートに落ちた瞬間、陽次は、足元から今まで味わったことのない興奮が突き上げてくるのを感じた。

こんなしょぼい1点なのに。

だけど、二人で、二人だけで初めて手に入れたこの1点。

嬉しい。ただもう単純に嬉しかった。

太一も飛び上がって喜んでいる。

同じ喜びを同じ温度で味わっていることが、もっと嬉しかった。


ゲームが終わって、二人は順番にコーチと握手を交わす。

コーチは、「君たち、いいペアになれるよ。一等賞を目指せるよ」と言ってくれた。

「ありがとうございます」

二人がそう言って頭を下げていると、教室に参加していた同じ学校の顔見知りが、コーチにこう言った。

「太一たちは、野球の全国大会で優勝したんだよ。だからきっと甲子園に行って、それから、プロになっていつかはメジャーに行くんだよ」

「そうなんだ。それは凄いね。じゃあ、野球で一等賞目指すんだね」

最初、少し驚いた顔をしていたけれど、コーチは、やっぱり優しく二人に笑ってくれた。

その笑顔に励まされるように、気づいたら、陽次はこう宣言していた。

「僕たち、バドミントンやります。バドミントンで一番を目指します」

太一もすぐに言葉をつなげてくれた。

「ダブルスで、世界を目指します」

二人を知る人たちはみな驚いて、「マジかよ」「なんで」と、いっせいに、どちらかといえば否定的な声をあげた。

二人を褒めてくれたコーチでさえ、野球を続けた方がいいんじゃないの、そんな表情をしている。

少し離れた場所で他の参加者の世話をしている二人の父の耳にも、きっと今の宣言は届いたはず。だけど、陽次は一度口にしたその言葉を引っ込めるつもりはなかった。

陽次は、今日初めて出合ったバドミントンという競技に、今までどんなものにも感じたことのない魅力を感じていた。

兄弟だから、双子だからといって、仲がいいとは限らないのかもしれない。でも、両親が共働きで二人きりで過ごす時間が長かったせいなのか、陽次たちは、本当に仲が良かった。時に、母親が、仲が良すぎると心配するほどに。

幼い頃から二人でいることがあたりまえ。何であれ、二人で分かち合い支え合うことに、陽次は喜びを感じる。

バドミントンというスポーツは、そんな二人がともにいることのメリットを、野球以上に活かせる気がした。

きっと他にもそんな競技はいくつもあるのだろう。それはわかっていた。だけど、今日、ここでバドミントンにめぐり合ったことが、運命だ、と陽次は思った。

陽次は、興奮のせいなのか、少し熱くなった頰を両手で押さえながら太一を振り返った。

同じ気持ちだ。

小さく頷いた太一の目は、そう言っていた。


二人の父は、小学校から大学を卒業するまでずっと野球部で、今も野球の大ファンだった。小学校に入ってすぐ二人が野球を始めたことをとても喜び、二人の練習や試合には時間の許す限り足を運んでくれた。

経済的にはもちろん精神的にも、ずっと二人の活躍を支え見守り続けてきてくれた。

陽次は、帰りの車の中で黙ったまま、太一と手を握り合う。

今は無表情で無言の父が、家に戻ってからどんな反応をするのか、想像できない。いや、想像するのが怖かった。

父は穏やかな人で、手を上げたり声を荒らげたりすることなどなかった。不機嫌な顔でさえ、子どもたちの前では見せたことはほとんどない。けれどハンドルを握る父からは、今までに感じたことのない厳しい気配が漂っていた。

自宅の脇にある駐車場に車を停めると、父は、少し乱暴に運転席のドアを閉め、自分のバッグだけを手に何も言わず先に家に入っていった。

「怒ってるよね、あれ」

陽次の言葉に、太一は深く頷く。

「今までにないくらいね」

「けど、僕たち、そんなに悪いことしたかな?」

「悪いことはしてないと思う。ただ、父さんの期待は、あっさり裏切ったよね」

父さんの期待、かつて父さん自身が見た夢。

甲子園、プロ野球の選手。

だけど、不思議なことに、その夢を陽次は見たことがない。

そうなりたいと、一度も思ったことがない。六年間、懸命に野球に取り組んで、日本一にまでなったのに。

太一はどうなんだろう?

もしかしたら、夢見ていたのだろうか?

いつも何でも先走る自分に、今も、歩む道を合わせてくれているだけだったら?

「太一」

ぐずぐず悩んでいないで、本人に訊いてみるのが、一番手っ取り早い。

「なに?」

「野球、好きだった?」

「うん」

「じゃあ、甲子園に行きたいって思ったことある?」

「ない」

太一は、あまり迷わずそう答えた。

「僕もない」

そんなことわかっているけど、と太一は笑う。

「父さんには言わない方がいいよね」

「ま、できるだけ」

「好きなだけじゃ、続けられないのかな?」

「野球?」

「何でもさ」

「バドミントンをやっても、いつか同じように、もういいのかなって思っちゃうってこと?」

「うん」

「やる前からそんなこと心配してもしかたないだろ」

「太一って、えらいよね。いつも、僕よりちょっと大人で」

陽次は、心からそう言った。

「お兄ちゃんって立場、もらったからね」

太一は、いっそう大人っぽい顔をする。

「なんかムカつく」

「なんでだよ」

太一が顔をしかめる。

「それより、どうやって父さんに僕たちの気持ちわかってもらうか、そっちの方、考えてよ」

「それは、太一にまかせるよ」

「二人のことだろ?」

そうなんだけど。

「でも、僕が口を開くと、いつも話がややこしくなるじゃん」

「母さん、いたらね」

美容室で働く母が、土曜日や日曜日に家にいることはほとんどない。

朗らかで少しピントのずれている母がいれば、きっとこの先の話し合いも、少しは和やかな雰囲気になるはずだ。

「まだ仕事だろ?」

太一は、壁の時計で時間を確かめる。

「たぶん」

「とりあえず、風呂場に直行だな。汗を流すのに言いわけはいらないから、それで時間をかせごう」

とりあえず、の太一の作戦に陽次は頷く。

揃って玄関で靴を脱ぐと、少し大きな足音をたてて、二人は風呂場に行くことを父にアピールした。

いつもより時間をかけて、交互にシャワーを浴び洋服を着替える。

未練がましく、脱衣場から、陽次は母の気配を求めて玄関に視線を送ってみる。

「まだみたいだね」

「そっか」

太一は、ため息をついた。

「どうする?」

「これ以上の時間かせぎは無理だな。かえって父さんの気持ちを逆なでする」

「じゃあ、行くしかないな」

「陽次、ラブオール、プレーだ」

覚えたばかりの、新鮮で希望に満ちた太一の言葉に勇気をもらい、陽次は微笑む。

ここから、ゼロから始まる。今の二人にピッタリの言葉だった。

リビングに行くと、父は、ソファーではなく、食卓の自分の椅子に座って、コーヒーを飲んでいた。

二人を認めると、こっちに来て座りなさい、と小さな声で言った。

それ以上声のボリュームを上げると、感情が飛び出してくるかのように自制する父が、やっぱり少し怖かった。

だけど、逃げちゃいけない。怖がってもだめだ。だって、何も悪いことはしていないのだから。

陽次は、自分を励ます。そして、心の中で、頑張れよ、とそっと太一も励ます。

父の前に太一、その隣に陽次。いつもの食事の時間と同じように、二人は席についた。

「今日のバドミントン教室はどうだった？」

父は、ようやく自分の前に顔を揃えた二人に、厳しい表情のまま、まずそう尋ねた。

「面白かった」

「最高だった」

二人は父に視線と声を揃え、自分たちの本当の気持ちを伝えた。

嘘はつかない。父にも自分にも。陽次の気持ちは決まっていた。太一をチラッと見ると、同じだよ、というように頷いてくれた。

そんな二人を見て、そうか、と父は少し寂しそうに呟く。

「お前たち、野球を何年やってきた？」

「小学校に入ってすぐだから」

「六年かな」

いつものように、ごく自然に一つの答えを分け合って答える。

「今日の教室は三時間だ」

三時間か。あっというまだった気もするし、もっとずっと長かった気もする。楽しかった時間ってそういうものだ、と陽次は思う。

「たったそれだけで、今までの六年間をチャラにするのか」

父の声はやはりいつもよりずっと小さく、その分、感情的だった。

二人は、テーブルの下でまた手を握り合った。それで以心伝心、互いの心が交換できる。

「チャラにするんじゃない」

太一がきっぱり答えた。陽次も太一の手を強く握り、隣で頷く。

「だけど父さんは、お前たちがバドミントンで一等賞をとるって宣言していたのを、この耳で聞いたけどな」

「うん」

「僕たちは、バドミントンをやりたいんだ」

陽次は頷き、太一は、父の視線から逃げずにそう答える。

「それが、チャラにするということだろ？」

わずかにだが、父の声は怒りに震えているようだ。

「違うよ」

どこが、どんなふうに、なんて陽次にはわからない。ただ、違う、ということだけはわかる。

「野球で学んできたことは、みんな、僕たちの中にちゃんと残ってる」

太一は、きっぱり言う。

そうだ。そういうことなんだ。

一生懸命、野球を続けてきたことでわかったこと、これからも忘れないことは、ちゃんと二人の中にある。

やっぱり、太一は凄いな。

「我慢すること、努力すること、誰かのせいにしないこと」

太一が言う。

「友達を大切にすること、ひがまないこと、諦めないこと」

陽次も、あわてて、自分の中から、今まで自分が大切にしてきたことを引っ張り出す。

「野球が教えてくれたのは」

「そういうことだよね？」

二人は、そうやって交互に互いの言葉を補う。

う〜ん、と父はうなり声をあげた。

「お前たちは、なかなかの賢者だな」

二人は顔を見合わせて笑う。

「次に言おうとしていることもわかるぞ。自分たちで考えて自分たちで決めたことだから、だろ？」

物事を最後に決めるのは自分自身だ。そうでなきゃつまずいた時、きっと誰かのせいにする。だから、よく考えて結論は自分で出せ。

　これが父の口癖だ。

「けど、よく考えたとは思えないぞ」

　そうかもしれない。けれど、野球を続けながらずっと感じてきたことはある。

「バドミントンに出合ったのは今日が初めてだけど、野球とはずっと向き合ってきた」

　陽次は、自分たちが野球に持っていた違和感を、父に説明する言葉を知らなかった。だから太一を見た。

　双子だけど、兄の太一はいつも陽次よりたくさんの言葉を知っていて、それをうまく使うことができる。太一は陽次に頷いてから、父にこう言った。

「父さん、僕らは野球が好きだった。でも、いつも野球に対して、少しだけ何か違うって感じていた」

「違う？」

　父は、怪訝《けげん》な表情をする。

「僕も陽次も、ずっと、チームの中で、僕らの居場所がわからなかった」

　太一が言葉を重ねる。陽次は、隣で何度も頷く。自分も同じ気持ちだ、と伝えるために。

「チームプレーが苦手、ということか？」

　父は、少し切なそうに、自分なりに理解した言葉を二人に返す。

陽次は首を傾げる。そういうことではない、と思った。

「チームプレーが嫌だなんて思ったことはない。みんなと力を合わせて頑張ることは好きだった。

太一が、そう答えてくれる。

「じゃあ、どういうことなんだ？」

「うまく言えないけど、僕と陽次は、チームの一員でありながら、同時に二人でいたかったんだ。二人でいることは、僕らにとって、凄く大事なことだから」

父は、太一の言葉に首を捻っていた。戸惑っているのかもしれない。

もどかしかった。

もっと自分たちが大人だったら、父に自分たちの今の想いを上手に説明できたかもしれない。二人は顔を見合わせ、同時にうな垂れる。

「だけど、双子といっても、太一は太一、陽次は陽次。それぞれであるべきだと父さんは思っているし、そういうふうに育ててきたと思っている」

「わかってる。わかっていて、だけど欲しいんだ。別々でありながら二人で一つ、それが自然な場所が」

父は、少し考え込むように、頷きながら黙り込む。

「バドミントンのことはまだよくわからない。もしかしたら、野球以上に好きになることはないのかもしれない」

太一は言った。

そして少しの間、黙ったままで、チラッと陽次を見てからこう続けた。

「だけど僕らは、今日出合ったバドミントンに、今まで感じたことのない好き、を感じたんだ。だからやってみたい。挑戦したいんだ」

今までとは違う種類の好き。その言葉に同意するため、陽次はつないだ手にまた力をこめ、その感情を手放したくなくて、空いたもう一つの拳を握りしめる。

「野球とは別の、野球では得られなかった魅力を感じたっていうことなのかな。それがなんなのかは父さんにはわからないけど」

父は、大きなため息をつき、二人はただ頷いた。

「なら、お前たちが決めたことを、父さんは応援するしかないか」

もっとひどく、ねちねちと怒られると思っていた。

今まで、どれだけ協力してきたと思っているんだ、そう言われたって仕方がない。

「父さん」

「だって、知りたいじゃないか。お前たちが、あんなに頑張っていた野球を卒業してまでやってみたいことが、どんなものなのか」

「うん」

そうだね。父さん、僕も知りたい。今日、自分の中に生まれた好きが、太一と同じものなのか、別の、だけど大切な何かなのか。

陽次は心の中で、そう呟いた。

「いつか、それがどんなものか自分たちの言葉で説明できるようになったら、ちゃんと父さんに教えてくれるかな？」

「うん」

きっぱりした眼差しを向ける太一を、父さんは目を細めて見つめた後で、陽次に視線を向けた。

「ところで陽次はどうなんだ？　さっきから太一にまかせっぱなしじゃないか」

「一緒だよ。僕はいつも太一と」

「たとえ一緒でも、ちゃんと自分の口で言いなさい。さっきも言ったけれど、今までもこれからも、太一は太一、陽次は陽次。ちゃんと別々で、その上で一緒じゃなきゃダメだ」

陽次は、父の視線をしっかり受け止める。

「僕もバドミントンをやりたい。出合った瞬間にこんなに好きだって思えるもの、諦めたら、絶対後悔するから」

父は、さっき太一を見たのと同じ優しい視線を陽次にもくれた。

「そうか。なら頑張れ」

太一が、テーブルの下で、陽次の手をまたそっと握った。


「ただいま」

ようやく、母が仕事から戻ってきた。

「あら、晩ごはん、待ちきれなくてもう座ってるの？」

すぐにリビングに顔を見せた母は、テーブルに顔を揃えている父と息子たちにそう言って笑った。

太一と陽次は、つられるように顔を見合わせ、大きな声をあげて笑う。

父も笑った。

「僕たち、バドミントンやることにしたんだ」

「バドミントン？　ああ、今日、教室に行ったのよね。だからお腹すいちゃったんだ」

「そうそう」

「お腹すいた」

「じゃあ、ササッと作るから、二人とも手伝ってくれる？」

「いいよ」

「じゃあ、太一はジャガイモの皮をむいて。陽次はニンジンね」

「はーい」

陽次は、今日はカレーだね、と太一に言う。

「肉ジャガかもよ」

冷蔵庫の野菜室からジャガイモを取り出しながら、太一が答える。

「残念、クリームシチューでした」

母は、ちょっと勝ち誇った顔でそう言うと、リズムよく玉ねぎを刻みだした。

母は、野球はどうするの？　とは一度も訊かなかった。

ただ、すぐにご近所ネットワークを駆使して、近くの小学校の体育館を借りて週に一度開かれているバドミントンのサークルを探してきてくれた。週に一度では物足りない二人のために、少し離れた高校の体育館で活動している別のサークルも見つけてくれた。

父は、野球の時と同じように、時間の許す限り二人の送り迎えをしてくれた。

そのうち、見ているだけでは飽き足らなくなったのか、父自身も、そして母までがラケットを握るようになったのには、陽次たちも驚いた。

中学に入学してすぐ、二人は迷わずバドミントン部に入部した。

二人を迎えるつもりになっていた野球部とはひと悶着あったけれど、本人たちの意志が固いこともあり、なんとか収拾がついた。

スポーツ推薦でもなくふつうに入学した公立中学の部活動に、これはよくてあれはだめ、なんて制約もないわけだけど、やっぱり今までの人とのつながりもあって、嫌な思いもしたし、嫌な思いをさせてしまった。

野球部顧問で体育教師の春田《はるた》が太一のクラスの担任だったこともあって、特に、太一は辛かったはずだ。

陽次には愚痴一つこぼさないけれど、かなり陰険に、それも未だに嫌みをくらっていると、何人かの友人から聞いた。

それは、成績表にも表れていて、いつも何をやってもクラスで一番の運動能力を見せているのにもかかわらず、春田が体育を受け持っていた一年、二人の成績は揃って3。あからさまな嫌がらせだったが、それにも文句は言わなかった。どうせ、授業態度が悪いから、と言われることはわかっていたし、陽次自身には、春田への反感からその自覚もあった。

ただ、とても幸運なこともあった。

バドミントン部の顧問の脇坂《わきさか》先生は、中学から大学までバドミントンを続けていたかなりハイスペックな競技経験者で、部活に熱心で指導力もあった。

スポーツに力を入れている私立校ではなく公立中学に進んだ二人にとって、それは本当に恵まれたことだった。

脇坂先生は、誰のことも特別扱いしなかった。先輩後輩関係なく、力を認めると誰でも、レギュラーと一緒に実戦的な練習メニューに取り組ませてくれた。

その代わり先輩や他の新入部員の不満を抑えるためにも、基礎トレーニングでは、質量ともトップクラスになることを、先生に言われるまでもなく二人は心がけた。もちろん、一年生がやるべき雑用もすすんでやった。

陽次たちにとって、それはあたりまえで何でもないことだった。野球では、ずっとそうしてきた。もっと厳しい基礎トレーニングも長年にわたってこなしている。

「やりすぎては成長期の体を壊してしまう」

脇坂先生は、そんな二人をよく見ていて、頑張りをほめながら、それでも時には二人を抑えることも忘れなかった。

それでも、うまくなりたい、その気持ちでいっぱいの二人は、先生の忠告を一応聞きながら、もどかしさも感じていた。

「部活だけじゃ、物足りないよね」

太一の言葉に陽次は頷いた。

部の中で頭角を現してきたといっても、ジュニアからバドミントンと向き合っている先輩には、まだどうしても太刀打ちできない。

このままでは嫌だ。そう、陽次も感じていた。

マイナースポーツだからなのか、テニスや水泳のように、あちらこちらにスクールがあるわけでもない。

結局、母にネットワークをさらに駆使してもらい、放課後、参加するサークルをあと一つ増やした。

そこに、一人の天才少年が、ごくたまに来ていた。

名は、岬省吾《みさきしょうご》。

陽次たちと同い年で、九州にいたジュニア時代から同年代の大会ではほぼ無敗だったらしい。

サークルでの練習でも、同じ世代の陽次や太一には見向きもせず、高校や大学で上位の成績をおさめているメンバーとばかり練習していた。

もっとも、二人にしても、シングルスのプレーヤーに興味はない。

ただ、その美しいフォームや今の二人にはできない何段階も上のラケットワークは、とても勉強になった。だから、二人は研究材料として、機会があれば岬を見ていた。

岬の方は陽次たちにまったく無関心。おそらくふたりが同じサークルで練習していることさえ、認識していないはずだ。

「そういえば、あいつ、県大会で、準優勝だったらしいよ」

その華麗なフォームを盗み見しながら、太一が言う。

「へえ」

中学一年だといっても、岬の経験値はもの凄く高いはず。その岬よりさらに強い選手がいるんだ。そちらに陽次は驚いた。

「決勝戦は一方的だったらしい。相手は山手緑《やまてみどり》中学の遊佐賢人。いっこ上の二年生だって」

「二年？」

しかも、三年じゃないんだ。

「っていうか、そっちは一年の時から県の覇者で、全国でも準優勝だって。今年は優勝候補筆頭らしい」

「なにそれ？　ぶっちぎりじゃん」

「上には上がいるもんだね」

天才の上の超天才。

どこの世界にも、そういう人はいる。その差を埋めることが絶望的な、その世界を切り拓《ひら》くために生まれてきたような人。

でも僕たちだって、と陽次は思う。

スタートが遅かったから今はこの位置で我慢するしかないけれど、きっと、それ以上の高みに上る。天才だろうが、超天才だろうが、きっと追いついてやる。

「でもしょせん、シングルスだし。僕たちには関係ない」

陽次はそう言って微笑む。

けれど、いつもなら、陽次の言葉には何でも、そうだねと笑ってくれるはずの太一が、この時は気まずそうな笑みを見せ、その口からは何もこぼれてこなかった。

夏の初め、二人は、初めての公式戦、地区の個人戦ダブルスの試合に臨んだ。

結果は、あっさり優勝。

しかし手放しでは喜べなかった。優勝候補のペアは怪我で棄権。もう一組の有力ペアは、絶不調で二回戦敗退。

運がよかっただけ、と言われる状況は、二人には不本意だった。けれど、それを言葉にはできない。生意気だと、今以上に先輩たちから反感をかうだけだから。

団体戦では、みんなで二人のダブルスを応援してくれるが、個人戦では驚くほど冷淡。タメの中には、それでも声を出して応援してくれる者もいたが、レギュラーを争っている先輩たちは、試合自体を見にも来ない。

「持って生まれたもんだけで、いい気になるな」

「お前らなんか、野球やってればよかったんだ。いや、バレーでもバスケでもいいじゃん。なんだってバド部に来んだよ」

直接、そんな言葉も、何度かくらっている。

こういう確執は絶対に避けられない、と覚悟はしていた。

野球のように完全なチームスポーツでも、レギュラーをめぐって妬みや僻《ひが》みはある。

一方、バドミントンには個人戦と団体戦があり、団体戦を戦っている時でさえ、個人競技の顔を持つのがその特徴だ。それだけに、チーム内でのレギュラー争いも熾烈《しれつ》で、結果がもたらすのは、複雑で微妙な感情の絡み合いだ。

たとえはっきりした実力差があっても、それを避けることはできない。

頭で理解していても抑えきれない感情があることは、勝ち負けの世界に幼い頃からどっぷりつかっているからこそ、陽次はよく理解していた。

だからこそ、今まで以上に二人で頑張るしかない。

そうしたくて、この競技を選んだともいえるのだから。どんな過酷な環境も、二人だからこそ乗り越えられるはずだ。

結果として、夏休み、二人は今まで以上にストイックにバドミントンに向き合った。野球を通して、日々の地道な積み重ねが、次の勝利につながることを知っていたから。

そして夏の終わり、二度目の公式戦。一年生ながら、二人は再び地区の覇者になった。今度は、前回の大会で対戦できなかったペアを倒しての勝利だった。

秋には、進んだ県大会でも、接戦を制し優勝を手に入れた。

しかし、同じ大会でシングルスを制したのは遊佐賢人。ちなみに準優勝は、やはり岬省吾。

遊佐賢人の二連覇という偉業と、華やかな容姿とプレーに圧倒され、陽次たちの初優勝や岬の準優勝は、印象が妙に薄かった。

「なんか、気の毒だよね。あんなに強いのに」

陽次は、久しぶりにサークルで見かけた岬省吾のゲームを観ながらそう呟く。

大学生相手に、かなり競ったゲーム展開だ。

「僕らもね」

「けど、僕たちはまだいいよ。ダブルスで、あいつとは絶対あたらないから、比べられることもない」

「いや」

「えっ？」

「もしシングルスで戦っても、遊佐や岬と互角に打ち合えるように強くならないと、ダメなんだ」

同じようなシチュエーションでの会話で、今までは曖昧にやりすごしていた太一が、何かに挑むように、きっぱりそう言った。

太一は、夏休みに入った頃から、ずいぶん雰囲気も変わった、と陽次は感じる。

ほんの少しも妥協しなくなった。野球をやっていた時も一生懸命だったけれど、これほどストイックではなかった。

双子だからといっていつまでも何もかも同じ、というわけじゃないんだ、と陽次は改めて思ったりもする。

どれほど似ていても別々の人間だとわかっているのに、なぜかそれが寂しい。

「そんなこと、わかってる」

そのせいで陽次は、太一に、少しキレ気味にそう答えた。

新しい学年になる少し前、団体戦のシングルスで、陽次は岬省吾と対戦した。

シングルスのコートに立つのは、陽次は初めてだった。

脇坂先生が、チームのために太一と陽次を第一ダブルスとシングルスに振り分けたのか、それとも他に意図があったのか、陽次にはわからなかった。しかし、このことが陽次のメンタルを徹底的にへこませ、その上で鍛え直してくれた。

遊佐にやられっぱなし、というイメージしかなかったけれど、正面から向き合った岬省吾は、ずっと凄味があり本当に強かった。ファーストゲームこそ17点と途中までは競ったが、セカンドゲームは9－21と圧倒され、反撃のチャンスもなかった。そして、この岬省吾を寄せつけない遊佐賢人の凄味も同時に想像してしまい、思わず身震いした。

ダブルスのコートでは経験したことがない、あまりにも圧倒的な敗北。

もの凄く落ち込んだ。だけどそのおかげで、もっと強くなりたい、と陽次は久しぶりに思うことができた。

シングルスでも互角に打ち合えないと、と苦い表情で言っていた太一にも、そのゲームで感じたことを素直に伝えた。

「勝って得ることより負けて得ることの方が大事、って脇坂先生もいつも言っている」

太一は、自分が相対したわけではないのに、陽次以上に陽次の経験を自分の中に取り込もうとしているようだ。

陽次が勝つことに貪欲になったこともあり、もとからストイックに勝利を望んでいた太一と二人、ダブルスでは県レベルの試合では一度も負けることなく快進撃を続けた。

全国大会でも二年の後半からは上位にくいこみ、三年になる頃には、県のバドミントン関係者に限らず、全国でも、東山ツインズの名前を知らない者がいないほど、二人は強くなっていった。

岬省吾とは、もう一度、シングルスで対戦する機会があった。負けたけれど、どちらも18－21、19－21と、かなり競った試合になった。だからなのか、前回のように、さほど刺激は得られなかった。

負けて得ることなど何もない。勝って得ることもないけれど。

中学最後の夏を迎え、陽次の胸にはまたモヤモヤしたやるせなさが首をもたげてきた。

強くなりたい、とあれほど願ったのに。そのために厳しい練習に耐えてきたはずなのに。強くなってみれば、県の決勝戦でさえ、相手はコートに立っただけで腰が引けている。

もちろん、全国に出て行けば、手ごわい相手もいる。

事実、まだてっぺんはとっていない。けれど、無理だなんて思わない。もうてっぺんはすぐそこにあって、今年はきっと、そこに自分たちは立つはずだ。

そんな実感に、陽次は奮い立つこともなく、惑うというより醒めていた。次の進路を決める時期にきて、もう終わりにしてもいいかもしれない、と考えてしまう自分を陽次は否定できないでいた。

どうしていつもこうなる？

目標を決めて、努力を重ね、目標が手の届く範囲にくると醒めてしまう。

結局、野球でもバドミントンでも、自分にとっては同じなのか。

初めてバドミントンに出合った時の、体を駆け抜けたあのときめきも勘違いだったのだろうか。

そんな陽次の気持ちを知っているのかいないのか、脇坂先生が、声をかけてきてくれた。

「明日、今年のインターハイ出場を決める試合がある。見に行かないか?」

県のベスト8が出揃い、その一日で決勝までが行われる。

当然、陽次たちが誘われている県内の高校は、すべて出場する。

お願いします、と陽次は小さく頭を下げる。もしそこで心が動かなかったら、そう想いながら。

「太一は?」

「もちろん、行きます」

太一の目には、迷いがない。

二人で一つ。

そうでなくなっても、太一には、コートに立つ意味があるのだろうか?

陽次は、脇坂先生と明日の待ち合わせを確認する太一を見ながら、そう思った。


インターハイ予選決戦の会場は、バドミントンの強豪として有名な川崎《かわさき》照葉《しょうよう》高校の体育館。

そこに集まってくる八校は、地区大会を経て、県大会に進んだ六十四校の中から、さらに駒を進めてきた、強豪校ばかりだ。

けれど、だからといって白熱した試合ばかりでもない。

準決勝までは、波乱もなく力の差が明らかな試合が続き、シード順に四校が上がってきた。

準決勝で第二シードの法城《ほうじょう》高校が第三シードの川崎照葉に敗れたが、この二校は力が拮抗《きっこう》しているので、波乱というほどでもない。

「なんだろう？　あたりまえの試合をあたりまえに見ているだけって感じ」

陽次は、皮肉と諦念をこめ、そう言った。

「そうでもないよ。僕は、今から始まるこの試合がとても楽しみ。遊佐賢人がダブルスのコートに立つのを見るのは初めてだから。あの天才プレーヤーがどんなダブルスを見せてくれるのか、ワクワクするよ」

太一は、本当に嬉しそうにそう言った。

準々決勝でも準決勝でも、遊佐は第一シングルスに出ていた。

陽次は、視線をコートに向ける。

決勝のカードは、横浜湊対川崎照葉。

第一ダブルス、そのコートに立っているのは、二人より一つ年上の遊佐賢人。

遊佐賢人はツインズ以上のスーパースターだ。だから、彼が中学生だった時には、全国大会で何度もその姿を見かけたことがある。同じ県の代表として、シングルスの全国優勝を決めた試合も見学していた。

けれど、中学では、シングルスかダブルス、どちらか一方にしか出場できないから、中学時代の遊佐賢人は、あくまでシングルスプレーヤーだった。

太一と陽次は、基本的にはダブルス専門だったけれど、対戦相手によっては陽次がシングルスにまわり太一が別の誰かとダブルスを組むこともあった。そうやって、チームのために二勝をかせいでいた。

だけど、中学時代、遊佐賢人がダブルスに出場したことは一度もない。

遊佐賢人がダブルスを拒否したというより、誰も遊佐賢人のパートナーにはなれなかったのだろう、と脇坂先生は言っていた。

しかも、チーム自体がそれほど強豪校でもなかったので、遊佐賢人は、シングルスの個人戦でのみ光り輝く選手、それが陽次の印象だった。

だから今まで、どれほど強くても、遊佐賢人が二人のライバルになることはなかった。

しかし、今日の遊佐賢人は、横浜湊でのパートナー、横川祐介とダブルスのコートに立っている。

高校へ進めば、それはあたりまえ。どこのチームも、兼ねられる試合では、エースを単複両方で使っている。

大切な試合では、なおさらそうだ。

「そういえば、ダブルスのコートに立つ遊佐を見るのは初めてだな」

「だろ？」

「だけど、シングルスでは強くても、ダブルスではそれほどでもないなんてこと、よくあるよね」

「まあね」

そう言いながらも、太一の視線は期待に溢れている。

何が、そこまで太一を高揚させているのか、正直、今の陽次にはわからない。少し前までは、太一の感じることはすべて理解できたのに。


ファーストゲーム、ラブオール、プレー。

主審の声が、静まり返った体育館に響いた。

「お手並み拝見」

陽次は、冷やかすような口ぶりでそう言って笑う。

ところが、陽次のそんな笑みは、ゲーム開始直後から引っ込んだ。

目の前で繰り広げられているのは、信じられないほど質が高く熱のこもったゲーム。

相手ペアとの力の差はかなりある。それなのに、これほどこのゲームに惹《ひ》きつけられるのは、どうしてなのか？

隣を見ると、太一の視線もコートに釘づけ、両手の拳を固く握りしめて少し前に身を乗り出している。

ファーストゲーム、９－21で、遊佐・横川がとった。

二人のダブルスは、陽次の想像をはるかに超えた次元にあった。

常にゲームの主導権を握り、相手に考える隙を与えないほど素早いローテーションと巧みな配球で、終始、相手ペアを翻弄している。

「あの二人は正式にパートナーを組んで一か月ほどらしいよ」

インターバルの間に、陽次の右隣に立つ脇坂先生が教えてくれた。

全身に鳥肌がたった。

「たった一か月で」

先生の声が太一にも聞こえたらしい。

自然と、久しぶりに、太一と身を寄せ合う。二人の感触を溶けあわせ一つにして共有するように。

相手の裏の裏をかくようなショットを次々に繰り出す遊佐、どんな球もまるで待っていたかのように淡々と打ち返す横川。しかも、ただ返すだけじゃない。次に、次の次につながるそこしかないコースと球種を、激しいやりとりの中、一瞬で選んでいる。

「横川祐介って、こんな凄い選手だったんですね」

「彼も、全中でシングルスベスト8に入っていた選手だ。それにしても、横浜湊に入ってさらに進化した感があるね」

脇坂先生がそう教えてくれた。

「なにしろ、このゲームに関していえば、要は間違いなく横川くんだ」

このペアの凄さは、天才の誉れ高い遊佐じゃない。もちろん、遊佐賢人は凄い。でもそれ以上に、遊佐を操っているかのような横川のゲームメイクに目を奪われる。

視野の広さ、判断の的確さ、剛柔のバランス感覚、何もかもが突き抜けていた。

しかし何より凄いのは、二人の間にある、見ている者の魂に迫ってくるような確かな絆。

のせる横川も、のる遊佐も、お互いを信頼していなければ、これほど見事なリズムを刻めるはずがない。

太一と陽次の間にもそれはある。というか、あるということがあたりまえだと思い込んでいた。けれど、この二人を見れば、あり方が違ったのだと思い知らされる。

この二人は、本当に凄い。凄すぎる。

セカンドゲームも一方的だった。

わずか二十分で、前回の県大会の優勝ペアを、遊佐・横川は圧倒的に撃破した。

見ている自分たちが興奮のせいなのか汗まみれなのに、二人は涼しい顔で、軽く拳を合わせている。

しかし、県レベルなら、こんな展開は自分たちだって何度も経験している。

でも、どこかが違う。自分たちの勝利とは、何かが決定的に違う。

それは何？　何なんだ？

ネットを挟んで握手をし合う相手ペアの、わずかに悔しさをにじませ、けれどすっきりした表情を見て、ようやく陽次は思い当たった。

点差だけ見れば面白みのない戦いに、あれほど惹きつけられた理由に。

終始圧倒されてはいたが、相手ペアも最後まで諦めず必死で戦っていた。

ふつうなら、これほど実力差があれば、どうしたって腰が引け、気力が持たず、最後はおざなりな動きになる。前回県大会優勝の肩書があれば、よけいに心は折れるはず。それでも、怯《ひる》まず最後まで力の限りを尽くした彼らは、本当に立派だった。その最後まで諦めない気持ちを引き出したのが、対戦相手で勝者である、彼らの戦う姿勢。

こんなふうに、相手をも惹きつけるゲーム、そんなゲームの経験は、陽次にはなかった。

陽次は、試合を終えた二人をさらに目で追う。

試合を終えた遊佐と横川は、すぐに隣のコートで戦う仲間のもとへ移動した。

試合の直後だというのに、二人は声を張り上げ、仲間の応援に必死になっていた。その顔は、試合中と同じように真剣だ。

「意外だね」

「うん?」

「遊佐賢人ほどの天才でも、あんなふうに熱く、チームの応援するんだな」

ああ、と太一が頷く。

自分たちは、どうだった?　いや自分はどうだった?

どうせ、僕たちは勝つ。チームの勝敗は、他のメンバーの頑張り次第。そんなふうに、どこか醒めた感情が、陽次にはあった。もちろん、応援はした。だけど、あんなふうに、応援で勝敗が変わるんじゃないかと思えるほど、必死で声を出したことがあっただろうか。チームの中の二人、そうありたいと思っていたはずなのに。いつのまにか、二人で結果を出すことだけに必死になり、しかも最近は、それにさえどこか距離をおくようになっていた。ずっと妬みをかわしながらやり過ごしてきた後遺症だ、と自分に言いわけしながら。

目の前のゲームは、それほど競っていたわけではない。横浜湊の戦力は圧倒的だった。

事実、エース遊佐賢人のシングルスの出番もなく、次の第二ダブルス、第一シングルスもストレートでとり、横浜湊は下馬評通り、あっさり優勝を決めた。

それでも最後まで、横浜湊はコートの選手はもちろん、ベンチも応援席も一丸となって、全力で戦っていた。目には見えないその一体感が、今日の勝利はチームで手にした勝利だと、試合会場にいた全員に、高揚感を共有させている。

全身が、心が震えた。

ずっと探していたものが、目の前にある。

あの熱気に、あのチームの中に自分たちも入っていきたい。あの二人の間近で、二人以上の時間を重ねたい。いつか追いつき追い越すために。

「居場所って探すものじゃなかったんだね」

太一にそっと囁く。

「ああやって、自分たちで作るものなんだ」

太一が答える。

脇坂先生は、そんな二人を見て、そっと微笑んでいた。

本気でバドに向き合うということがどういうことなのか、それを先生は、このチームを直に見せることで、陽次に伝えようとしてくれたのかもしれない。

「私は、横浜湊の応援横断幕に書かれている、あの勇往邁進という言葉が好きなんだ」

帰り道、脇坂先生は二人にそう言った。

「ユウオウマイシン？　どんな意味ですか？」

太一が首を捻っている。

「恐れることなく、自分の目的や目標に向かって、ひたすら前進すること、という意味だね」

「なんか、ちょっと直球すぎ。恥ずかしいかも」

陽次は、そう返す。

「自分の目指すもののために努力を惜しまない。これって恥ずかしいことかな？」

先生の言葉に、陽次は、まあ、と笑う。

「それが、自分の好きなものでも？」

「だとよけいに」

「照れくさい陽次の気持ちもわかる。でもな、恥ずかしいっていうのは、他人がそんな自分をどんな目で見ているのか、それを気にしているってことだろう？」

そうかもしれない。でもそれって、ふつうだよね。そう思って、陽次は太一を見る。

「誰かの目を気にしない、って難しいです」

太一の言葉に、正直ホッとした。

太一は陽次より、どんどん大人っぽくなっているから、僕は別に、などと答えるかも、とチラッと思っていた。

「そうだね。でも君たちは、他人の目なんか気にしなくていいんだ。ただ、自分たちの心にだけ忠実になるべきなんだ。君たちは、特別だから」

「特別？」

「太一や陽次よりずっと強い想いを持って努力を重ねている人はたくさんいる。でも、君たちより結果を出しているとは限らない。努力は人を裏切らない、努力すれば報われるというのは、嘘とまでは言わないけれど、現実からはほど遠い」

陽次は、いつもの脇坂先生なら絶対に言わない言葉が、その口からこぼれたことに驚く。

「努力っていうものは、しないよりは結果が出る、もしくは、結果が出なくても、やることはやったという自己満足を言うのかもしれない」

「先生」

太一も、続ける言葉が見つからないのか、ただ脇坂先生を見ている。

「世の中には、報われない努力の方が、ずっと多い」

そうかもしれないけど。

だけど。

「先生のくせに、そんなこと言ってもいいの？」

「よくないよな」

陽次の問いに、先生は苦笑し、いつもよりずっとくだけた言葉遣いになる。

「でも、それが正直な私の実感なんだ」

先生は、確か、山形の出身でインターハイに二度出ているはず。二度とも初戦で負けたけどね、と先生の口から聞いたことがある。

「私は、中学からバドミントンを始めて、高校である程度の実績を出して、大学に進んだ。でも、そこで待っていたのは挫折というより諦め、そして絶望だった」

諦め。絶望。

そういう感情は、陽次には正直わからない。何かを諦めたことなどないから。絶望なんて、どんなものか想像もできない。

思い通りにならないことはほとんどなく、たまに出くわしても、どうしようもなくなる前に、諦めの一歩手前で身をかわす。

そんな自分を、陽次は恥じたことがない。なんでもそっくりな太一との、そこが大きな違い。太一は、とことん執着する。そのせいで、どれほど傷が深くなってもお構いなしだ。

けれど、それに気づく人はいない。

双子でも、太一は太一、陽次は陽次。そう言い続けている父でさえ、きっと、二人のそんな違いには気づいていない。太一の方が、少し大人で努力家、その程度の認識だろう。

なぜなら、想いが違っても、結果が、ほぼ同じだから。

「優秀な仲間たちに囲まれ、自分程度の才能では、どうしたってこれ以上、高みには上れない。それをなんとか自分に納得させる作業を積み重ねる日々」

先生は、少し遠い目になって続ける。

「今でも思い出すと少し切なくなるほど、あの頃は本当に辛かった。だから、絶望から逃れたくて、もっと頑張れば、もっと必死になれば、とよけいにもがき続けたんだ」

陽次は、先生の顔が見られなかった。

いつも穏やかで、公平で、他のどんな大人より信頼できる先生の口からそんな言葉がこぼれるなんて、想像したこともなかったから。

「でも、すべてはむなしい作業だった。なぜなら、日々の懸命な努力なんてあたりまえのことだから。みんなそれを休むことなく積み上げることで、そこまで上がってきているのだから」

「でも、先生は諦めなかったんですよね」

太一が、先生を見上げる。

「正直、微妙だな。今の私のこの立ち位置は、諦めなかったからこそなのか、諦めた結果なのか」

「そんなの、諦めなかったからに決まってる」

陽次の言葉に、脇坂先生は、切なげなため息をもらす。

「無理な練習がたたったのか、そのタイミングで私は大きな怪我をした。その時、私は、正直ホッとしたんだ。これで言いわけができた、バドミントンから逃げ出せるって」

「マジで？」

驚きのあまりタメ口をきく陽次のわき腹を、太一がつつく。

けれど、先生は穏やかに頷くだけ。

「怪我が治ってもコートに戻らなかった。代わりに居酒屋でアルバイトを始めた。稼いだお金で女の子と遊んで、名前と顔がやっと一致する程度の友人と飲んで騒いで」

脇坂先生が、そんな時間を過ごしていたなんて。

アルバイトでお金を稼ぐことや女の子と楽しく過ごすことは誰にでもあることだろうけど、脇坂先生が名前と顔がやっと一致する程度の友人とつるむ、ということがどうにも想像できない。

「それまで練習ばかりで持つことがなかった自由なお金と時間ができて、最初は嬉しかった。大学生活って、こんなに楽しいものなのかと浮かれたよ。だけど、そんな生活にも、思ったより早く飽きてしまった」

「どうしてですか？」

「どうしてなのか、実はわからなかったんだ。最初はね。でも、ある人の一言で気がついた。一番大事なものがそばにないからだと」

「ある人って？」

「大学時代の学部の先輩だ。郷里が同じだったこともあり、よく可愛がってくれたんだ。その人に言われた。好きなもののそばにいられること、いられることの幸せを享受できるのは学生の特権だ。社会に出れば、好きなものがあっても、それは夢になり、あるいは義務や仕事になっていく。せっかく大事なものがあるのに、それをお前は知っているのに、今のこんな有り様、後悔しないのか？　って」

「それで、それだけで戻ったの？」

その人の言うことは、陽次にもわかる。でも、それほど特別なことでもない。脇坂先生なら、きっと自分でもわかっていたはず。

「ずっと戻りたくて、きっかけを探していたのかもしれないな」

先生はまた苦笑した。

「競技者としては限界でも、今も努力を続けている仲間をサポートすることならできる。いや、それは後で思ったことで、その時は、ただ、何より好きなもののそばにいたい、そう思って部に戻った」

「すんなり受け入れてもらえたんですか？」

先生は、首を横に振った。

「そう簡単にはいかない」

陽次は頷く。

体育会系の上下関係や規律の厳しさには、うんざりする悪慣習の部分もあるが、それなりの意味もちゃんとある。

わずかな甘えが大きな怪我に、たった一人のわがままがチームの崩壊にまでつながることもあるからだ。

いくら中学生でも、そこに九年近くも身を置いていれば、どちらかといえば体育会系気質の少ない陽次にも、そういうことはちゃんと理解できている。

「先輩たちには、さんざん嫌みを言われ怒られもした。出戻りなんか許さないっていう人もいた。あたりまえだと思った。私より心身ともにずっと過酷な状況で、規律を守って精進している人たちもたくさんいたのだから」

「でも、粘ったんですよね？」

「私が、というより、仲間がね」

「仲間？」

「同じ学年の連中が、連帯責任だからと一緒に謝ってくれて、次々と課される過酷なノルマも一緒にこなしてくれた。それはそれで、仲間に申し訳なくて精神的に辛かったんだけど、これをしのげないと、同じことの繰り返しだと思って耐えた」

今の陽次にはピンとこない。仲間というものがどんな存在なのか。

たまたま同じチームに同じ時期に所属する。それだけの関係性だろ？　と太一に言ったら、自分にもそういうところはあるけれど、陽次はちょっとひどいな、と言ってため息をつかれたこともある。

　だから、それ以上は言えなかった。

　個人競技の色がより濃いバドミントンだけでなく、団体競技の野球に一生懸命だった頃も、太一以外のメンバーは、ただのチームメイト。試合が終われば、一緒にいたいとも勝利の余韻をともに味わいたいとさえ思っていなかったこと。最後の一年バッテリーを組んでいた奴には、優勝を飾った試合の後で、正直これで終わりだと思うとホッとすると言われ、さすがに少しへこんだが、そんなものかなとも思ったこと。

「どうして、先生になろうと思ったんですか？」

　陽次が一人で、自分の想いにふけっている間、太一と先生は、会話をすすめている。

「自然な成り行きだったと思う。日々の練習は同じようにこなし、試合になれば、コートの外から仲間をサポートしている間に、自分のことだけを考えてがむしゃらにプレーしていた頃とは違ったものが見えてきた気がしたんだ。この経験を活かすなら、教師かもしれないって思って」

　脇坂先生が、先生になってくれてよかった。陽次はそう思った。

　バドミントンを始めたばかりの二人にとって、質のいい指導者がいてくれたことの幸運は、何物にも代えがたい。

「神様に選ばれた才能の持ち主なんてほんの一握りだろう？」

　陽次はとりあえず頷く。

「だから、私と同じような子たちにもバドミントンを好きになってもらって、できることなら、好きなものに熱中するという経験の中で、あの頃の私よりたくましく育ててあげたい。いつか絶望を知ってもそれを乗り越えていけるように、とおこがましくも思ったわけだ」

「僕たち、脇坂先生に出会えて、最高に幸運だったと思っています」

ついさっき陽次が感じていたことを、太一が言葉にする。

「そこがまた複雑なんだけどね」

先生は小さなため息を一つついた。

「どういう意味ですか？」

陽次が尋ねる。

「どういう巡りあわせなのか、平凡な公立中学のバドミントン部に、特別に選ばれた才能を持つ君たちがひょっこりやってきた。正直、ほぼ初心者だという君たちのプレーを初めて見た時、私は全身に鳥肌がたった。才能というのは、ここまで経験を凌駕できるのかと」

驚きと喜び、そして何より恐怖、と先生は続けた。

恐怖？　太一も陽次と同じように首を傾げている。

「ここから三年、この素晴らしい才能を預かって、育んで、次につなげる。そんなことが、そうじゃなかった自分にできるのだろうか？　何度もそう思った。考えれば考えるほど怖くなって、結局、横浜湊の海老原先生に相談に行った。君たちの動画を携えて」

「横浜湊？　海老原先生？」

「卒業生を何人か、あの先生に託してきた。あの先生は、信頼できる人だと知っていたからね。今まで、君たちのように飛びぬけた選手はいなかったけれど、人としても選手としても、みんな成長してあそこを巣立っていった」

「海老原先生はなんて？」

「君たちの強さと弱さは同じ場所にあると。だから、そこを大切に育むと同時に徹底的に鍛えぬかないと、この子たちはつぶれてしまう。そうおっしゃった」

「具体的には、それって？」

陽次は太一と顔を見合わせる。

「今日の試合を見ていて、それが何なのか、二人とも察したんじゃないのかな？」

二人とも、と言いながら、そのくせ先生は、太一ではなく陽次だけを見ている。

それなのに、陽次の答えを待たずに話を続けた。

「まあ、答えを焦ることはない。そういうことは、経験の中で、自分たちで考えてつかみ取って体に刻みつけていった方がいいんだろうし」

「じゃあ、脇坂先生は、今の僕たちを見てどう思っているんですか？　もし、これからの僕たちに何かアドバイスがあるなら聞きたいです」

太一の言葉に、先生は、苦笑いを浮かべこう答えた。

「一言で言うと、努力は報われる、かな」

陽次は、驚いて先生を見た。

ついさっき、努力が報われることなんて少ない、と言われたばかりだったから。

「ただし、持って生まれた才能、育んでくれる環境、導いてくれる人との出会い、すべてが重なり合った土壌の上で、という条件つきだがね。そして、他人がどんなに欲しても手に入れられないものを持っているくせに、その心身に努力を刻まない者は本物のバカだ、そう思っている」

二人は顔を見合わせた。陽次たちが色々なことに恵まれているのは事実だ。

それなりに努力もしてきた。でも、きっと全然足りない。ここから上に行くには、今のままじゃ、特に自分は、全然足りない。

「陽次、好きなことに邁進する自分を恥じることはない。むしろ態度で示し、言葉にしてみんなに言ってまわればいい。自分はバドミントンが好きだ、大好きだってね。言葉を口にすることで勇気が湧く。その勇気を糧に、前に進めばいいんだ」

隣で太一が呟く。ユウオウマイシン。

陽次には、それがどんな意味をもつ漢字の連なりなのかわからない。でも、最初と最後の文字だけはわかった気がする。ユウオウのユウは勇気の勇、マイシンのシンは進む。

「先生、ありがとう」

先生は、にっこり笑う。

「でもなんで、僕だけにアドバイスするんですか？」

「だって、太一はそんなこと、もうずっと前からわかっているから」

先生はそう言って、大きな声で笑った。太一も笑っている。さすがに、陽次は笑う気にはなれなかった。


その日、家に戻った二人は、父の前で揃って背筋を伸ばした。

「僕たち、高校でもバドミントンを続けます」

まず、いつも通り太一が先に言う。

「横浜湊で、バドミントンを続けたいです」

陽次も自分の言葉で伝える。

「よく考えたのか」

父は、少し厳しい顔でそう尋ねた。

「はい」

二人の声は、ぴったり重なった。

「あのチームなら、僕たちの居場所を作れそうです」

「あのチームで、僕らは僕らの居場所を作りたい」

父は、安堵と期待に満ちた笑顔で頷いてくれた。

「陽次、お前は、もうバドミントン、やめるんじゃないかって思ってたぞ」

「えっ?」

「最近、練習も試合も、つまらなそうな顔でやっていたから」

「そんなことない。僕、バドミントン好きだし、もっともっと強くなりたい」

どうして、迷ったりしていたんだろう。

こんなに好きなものに出合えたのに。今も、こんなに好きなのに。やるべきことは、気が遠くなるほどたくさんあるのに。てっぺんなんか、全然見えていないのに。

「なら、頑張れ。父さんも頑張る。今度、地域の大会にも出るんだ。まだ三部だけど、いつか優勝して、次は二部を目指すつもりだ」

父は笑顔でそう答えると、椅子で身をのけ反らせて驚く二人を尻目に、洗いたてのタオルを首に巻き風呂場に向かって歩いていった。

「バレバレだったね」

「何が?」

「やる気、なかったこと」

「あったし」

陽次は口をとがらせる。

「嘘、ばっか」

太一は、苦笑する。

「うるさいよ、ちょっとした気の迷いぐらい誰にだってあるだろう？　太一にはなかったのかよ」

「ないよ。バドに関して迷いは一切ない」

きっぱりした涼しげな表情。ああ、本当、ムカつく。

「いい格好するなよ」

そう言ったのに、太一は、格好つけて肩をすくめる。

「陽次がどうでも、僕は一人でも、パートナーを変えてでももっと上に行くって、決めていたから」

「なんだよそれ」

「僕は、自分が納得できるまで、バドを続ける。バドで夢を叶えたい。バドが大好きだから」

太一は、きっぱりそう言った。そしてその後に、意外な言葉を続けた。

「僕は、ずっと陽次が妬ましかったよ」

「はっ？　何それ？」

「双子なのに、少しずつ、なんでもお前の方が優れている」

「はい？」

「走力も跳躍力も握力も、体の柔らかさまで」

毎年行われる新体力テストの結果のことだろうか？

確かに、ほとんど同じだが、わずかに陽次の方が勝っている。しかし、差というほどではない。

例えば五十メートル走のタイムでも、わずかに十分の一秒程度の差。陸上の選手ならともかく、バドミントンをやる上で、それは何のハンディにもならないはず。

「だから、僕はお前の何倍も努力してきた。お前とは、ここまで、コートに懸けてきたものが違う。だから簡単に諦めることなんてできない」

太一がそんなふうに思っていたなんて、陽次は知らなかった。しかし、それを陽次にこうも淡々と告げることができるということは、妬みさえも消化して、今はもう自分の力にしているということなんだろう。それに比べて。

「彼女持ちは、凄いね」

僕もバドが好き。バドで夢を叶えたい。今までは、確かに足りなかったものは多いけれど、これからは、もっと必死になる。

そんな素直な気持ちが、陽次には言葉にできない。

「関係ないし」

わかっている。けど、お前が妬ましかった、なんて言いながら、それでも余裕ぶっこいているのがムカつくっていうか。

なんだよ。自分だけどんどん大人になって、いい気なもんだ。

「ふん」

二人は、別々に、最近母に無理やり分けられてしまったそれぞれの部屋に戻った。初めはかなり抵抗したが、こういう時は正直ありがたいと思う。

「僕だって、バド好きだし」

陽次はベッドに寝転んでポツリと呟く。むなしい。

もう一度起き上がって、正座した。そして、大きな声で叫んでみた。

「バドミントンが、ダ・イ・ス・キだ」

すっきりした。かなりいい感じだ。

「うるさい。そんなところで言っても意味ない」

言い終わると同時に、隣の部屋から太一の怒鳴り声が返ってきて、その後で大きな笑い声も聞こえてきた。

横浜湊高校バドミントン部、ここでの最後の熱い夏を迎えた。

幸運にも三度目のインターハイになる。

だからといって、この特別な緊張感に慣れることはないな、と陽次はまだ誰も入っていないコートをチラッと見て思う。

しかも今年は、初めて、あの二人のいないチームで、エースダブルスとしてコートに立つのだから。

結局、追いつけなかったな。陽次は、小さく笑う。

必死で追いかけてきた背中に指がかかりもしないうちに、彼らは、さらに高い場所へ駆け上がっていった。

二人に追いつけなかっただけじゃない。脳裏に浮かんだのは、それまでの不甲斐ない結果の数々。

一年目の夏。

憧れの遊佐・横川ペアと並んでチームの第二ダブルスに選ばれた。けれど、結局、自分たちの敗北が原因で、準決勝で埼玉《さいたま》ふたばに敗れてしまった。

二度目の夏には、チームの長い間の夢、念願だった団体優勝を果たすことができた。けれど、その決勝戦でも陽次たちは敗れ、優勝旗を運んできたのはチームメイトの松田航輝だった。

チームでつかんだ優勝だ。決勝で陽次たちが負けたとしても、それまでチームに何度も貴重な一勝をもたらしてきた。陽次たちの一勝がなかったら上がってこられなかった戦いもあった。頭ではわかっているのに、どうしても感情が追いつかない。

自分たちの居場所を作る。

そう決心して、この横浜湊というチームに飛び込んだ。実績と実力をかわれ、レギュラーとしてコートに立ち続けてきた。個性あふれるチームメイトに恵まれ、競い合い懸命に努力を続け、結果として、一度もレギュラーを外れたことはない。

なのに、どうして。

いつも肝心な時に、役に立てないなんて。

今のままじゃ、初めから用意されていた場所にただ収まっているだけ。居心地はいいが進化のかけらもない、そんな場所など望んではいない。太一と二人、自分たちが作りたかった居場所はこんなものじゃないはず。

「陽次」

悔しさを必死で堪えていたせいで、太一がすぐ隣に並んでいることさえ気づいていなかった。

「このままじゃ、だめだ」

太一も、悔しそうに唇をかんでいる。

「悔しいな」

二人で頷き合う。

「優勝したばかりなのに？」

わずかに笑いを含んだ声が背中から届く。振り返ると海老原先生がいた。

まったく、いつものことながら、神出鬼没だ。次期部長、一年の頃から先生の右腕でもある内田輝によれば、必要な時に、必要な誰かのそばにいるだけ、らしいけど。

先生こそもっと弾けて喜べばいいのに、と思うが口には出せない。そんな強がり、この人には無駄だ。

「はい」

だから陽次は、正直に頷く。

「全力を尽くせなかったから？」

そうなのか？　陽次はもう一度自問自答する。いや、そうじゃない。

「いいえ」

「違います」

太一も首を横に振っている。

全力は尽くした。尽くしたのに、力が及ばなかった。

そうだ。

悔しいのは、自分たちの努力が足りていなかったことを、こんな大事なコートで思い知らされたから。決勝に限らず、コートで相対する誰もが、努力を積み重ねてこの舞台まで来ている。限界を超えてその先へ、日々進もうとしている。

勝ちきれなかったのは、一言でいえば、相手コートに対する、そういった部分への自分たちの想像力のなさが原因。

視線をまっすぐ先生に向ける。

「なら、やるべきことは決まっているな」

海老原先生は、いつもどおり穏やかに微笑むだけ。

陽次は左手で、自分のユニフォームの左胸をギュッと握る。

来年の夏こそ、自分たちの手で優勝旗をもぎ取る。

「なら、この一瞬はみんなと弾けてくればいい。次の舞台までそんな機会はもうないのだから」

太一と二人頷き、ようやく輪に飛び込む。

横浜湊に来て、仲間ってこういうものだったのか、なんてわかった気にさせてくれるチームメイトの笑顔に囲まれ、誰の手か足かわからないけれどもみくちゃにされ、どうしてか涙が陽次の頰を伝った。そしてその涙の種類は、きっと、他のみんなと違っていたけれど、誰も何も言わなかった。きっと言わずにいてくれたのだろう。

「陽次、俺たちのチームはとても恵まれていた」

そんな陽次に、遊佐さんは、最後の公式戦を勝利で飾った後、嫌みなほど端整な顔にかすかな笑みを浮かべそう言った。

いい仲間に恵まれたから、続く言葉をそう想像していたのに。

「俺と横川がいたからね」と、その黙っていれば上品な口はそう言った。

「もうちょっと、言葉選べないのか？」

傍らにいた横川さんは、やれやれと肩をすくめる。

「間違っちゃいない」

だろ？　と今度は遊佐さんが肩をすくめる。

「色々、足りなすぎるだろうが」

これは、いつものこと。

遊佐さんのちょっとした嫌みを、横川さんはわかりやすく大切な言葉に換えてくれる。

「新しいチームの層が今よりかなり薄くなるのは事実。少なくとも、俺と遊佐が抜ければ確実な二勝がなくなる」

二人のダブルスと、遊佐さんのシングルスは、その年のインターハイを制し、しかも遊佐さんは個人戦二連覇を成し遂げていた。

だから、その言葉は、自慢や誇張ではなく、単なる事実だ。

しかも、横川さんは謙虚だから、自分が抜けることでチームが受ける精神的ダメージの話はしない。

でも実は、そちらの方が、不安は大きい。

この一年、というより、きっと入部してからずっと、遊佐さんを支えチームを引っ張り続けてきたのは、この人だから。

リーダーの器、というのは、こういう人のことを言うんだな、と太一もしょっちゅう感心している。というか、太一は、横川さんに完全に心酔している。

もちろん陽次も横川さんのことはとても尊敬しているが、実は、完璧な見せかけとは違い色々問題のある遊佐さんの方が気に入っている。

どちらにしても、二人とも、努力を惜しまぬ天才で、やっかいで頼もしい存在だ。

「お前たちの次の代、今のところ使いものになるのは春日《かすが》ぐらいだろ？」

陽次は頷く。

「だとしたら、これから一年、お前たちは、それぞれが決して負けられない場所に立ち続けることになる」

そのとおりだ。

怪我も不調も、決して許されない。

余裕なんて一切ないチームでは、誰か一人でも欠けたら、それが致命傷になる。

「しかも、シングルスはまだ駒がいるけど、ダブルスは、正直、お前たちだけ。水嶋と榊のさらなる成長に期待するしかないのが実情」

勝ち続けるしかない。

遊佐さんたちに言われるまでもなく、わかっていた。そのために、どんな過酷なトレーニングもこなしていく覚悟もあった。

沖縄から戻ったその日から、陽次は、トレーニングメニューを変え、じれったさを感じながらも、焦らず地道にそれに取り組んだ。

輝のすすめで、メンタルトレーニングにも励むことにした。どういうわけか、陽次は、大事な場面でアクシデントに見舞われやすい。そのリスクを少しでも小さくするため、ということらしい。

コート上での問題点は、太一ととことん話し合ったが、それぞれの自らの鍛え方にはお互い口を出さない。別々の方法で、それぞれの想いで、バドミントンに向き合う。結果として、それが二人のコートに結実すればいい。どちらからともなくそう決めた。

もし兄弟じゃなかったら、双子じゃなかったら、どんなペアもまず初めにすること、それが自分たちに足りなかったことだ、と陽次は考えたから。

陽次はシングルスに力を入れるようになった。今までは、太一と打ち合うことはあっても、ランキング戦以外で他のメンバーと打ち合う機会は少なかった。幸い、チームには全国優勝も狙える水嶋と松田がいる。これ以上の練習相手はいない。二人は、どんな短いゲーム練でも、圧倒的な強さで陽次を叩き潰しにくる。その一片の緩さもない緊張感と敗北が、駆け引きの多彩さ、孤独と自負、忍耐力など、どんなコートにも必要な要素を、陽次に再認識させてくれた。それをダブルスのコートに持ち帰る。その繰り返しを、陽次は、根気よく続けた。

しかし、だからといって、結果はそううまく出ない。

この最後のインターハイ直前に臨んだ関東大会で、陽次たちは、埼玉ふたばに敗れた。チームとして敗れただけでなく、陽次たちも敗北を喫した。

一言で言えば、重圧に負けた。しかも相手にではなく、自らのチームメイトの姿に、心が折れた。

エース水嶋の体調不良。

直前の一週間、水嶋はチームを離脱していた。試合会場で久しぶりに見た水嶋のやつれた体、それ以上に異様な眼差しにたじろいだのは、きっと陽次だけじゃない。

海老原先生は、それでも一試合目から第一と第二ダブルスを何度か入れ替えながら水嶋と榊を使い続けた。体力の著しい低下のせいなのか、水嶋には、それが一番の特徴ともいえる、弾むような独特のリズムがまったくない。こんな水嶋は見たことがなかった。

けれど、その姿より、それでもコートに立ち続ける水嶋といつもどおりにプレーする榊のメンタルに、どうしてなのか、ひどく気後れしてしまった。そして、最後の最後に喫した彼らの敗北に、さらに精神が抉《えぐ》られた。

それでも、太一に動揺はなかった。

陽次さえいつもどおりプレーできていたら、優勝はこちらに手繰《たぐ》り寄せられたはず。水嶋がこんな状態だからこそ、ダブルスのエース、自分たちが確実に一勝を稼がなければいけなかったのに。

「ごめん」

試合後、陽次は、太一も含めチームメイト全員に頭を下げた。

「お前に謝られる意味がわからん」

榊が眉根を寄せ、そう言う。

「この敗戦の責任は僕にあります。メンバーの体調管理、メンタル管理、それができなかったのですから」

部長の輝が、チームメイトを見回してそう言った。

「それも意味がわからん」

榊は、チームとしての結果は、チーム全員が背負うもので誰か個人が負うものじゃない、と日頃から言っている。誰よりも、チームをそしてチームメイトを愛している榊だから、口にできる言葉だ。

「わかってもらわないと困ります」

しかし、輝は、冷静に榊に向かってそう言った。

自分の想いや信念と違っても、誰よりこのチームを献身的に支えている輝の言葉には、榊も真摯に耳を傾ける。

榊は、とまどいは隠さなかったけれど、さらに言い返すことはなく、眼差しをしっかり輝に向けた。

「インターハイで優勝を手にするには、万全以上の体調とメンタルの安定が必要です。だから、僕が自らの責任を全うするためにも、この敗戦を無駄にせず、ここからさらに気を引き締めて、君たちには、細かく厳しく指示させてもらいます」

輝はチームの精神的支柱で監督の海老原先生の右腕でもあるが、試合に出る機会はほとんどない。コート上で想いを示すことができない輝にとって、さらに厳しくチームメイトに対応するということは、自らの精神に一番厳しい状況を作り出すということでもある。チームは全員、それをわかっている。

「間近に迫ったインターハイでは、僕らは、挑戦者です。それがこの敗北で再確認できたことは、かえってありがたかったと思いましょう。まずは挑戦権を手に入れ、その上で、優勝旗を手にします」

だから、輝の言葉に、全員が気を引き締め頷いた。

やるしかない。

まだ静かな体育館の片隅で、それまでの不甲斐なさをもう一度自らに叩き込み、小さく、だけどはっきり、陽次はその言葉を口にする。

ここまでの不甲斐なさがあってこその、今日のこの舞台。

この最後のインターハイの舞台青森で、自分たちが目指すのは優勝のみ。想いを一つに、チーム横浜湊は、団体戦一日目を順調に勝ち進んだ。

昨夜、輝から、決勝のコートは、第一ダブルスは水嶋と榊のペアに任せると告げられた。

正直、意外な気がした。

もちろん、水嶋と榊には後に控えるシングルスもあり、第一ダブルスをとることはよくある。しかし、決勝は三面同時。どこのコートに入っても、後のシングルスが厳しいのは同じだ。そしてここまで、監督も輝も、肝心の試合には必ず太一と陽次をエースダブルスとして起用してきていた。

それに、水嶋と榊のダブルスで向こうのエースダブルスに勝てるかどうかは微妙。けれど、自分たちなら絶対に勝てるという自負もあった。

「君たちの一勝が、決勝は何より重要です」

輝の言葉に、陽次は顔を上げる。

「向こうはおそらく入れ替えずに出てくるはずです。だから、こちらは第一と第二を入れ替えます。つまり」

陽次たちは、太一の口元をじっと見つめる。

「君たちには勝つことしか許されない、ということです」

けれど、それならそれで新たな疑問が湧いてくる。

水嶋と榊は、今やこのチームの精神的要だ。それなのに。

「あいつらを捨て駒に？」

「水嶋くんたちにはそうならないよう、頑張ってもらうしかないです」

輝の口調は冷静だ。

「それはそうだけど」

「肝心なのは、彼らのどちらに転ぶかわからない一勝ではなく、君たちの勝ち方です。三面を使って同時に始まる試合で、君たちには、どのコートより素早く圧倒的な勝利を手にしてもらい、水嶋くんたちの応援に入れるくらいの余裕を見せてほしいです」

チームの士気を上げるため、あえて水嶋たちには試練を、陽次たちには今まで以上に高いハードルを課し、それに、それぞれが応えることで最後の決戦をチーム一丸となって戦い抜く。

そう語る輝の厳しい眼差しに、太一も陽次も、黙って大きく頷く。

そんな二人に、輝は、目は全然笑っていないまま、口元には柔らかい笑みを浮かべこうつけ加えた。

「わかっているでしょうが、決勝までは、君たちが第一ダブルスです。エースダブルスの仕事、きっちりお願いします」


決勝のコート、イメージしたのは初めて見た遊佐・横川のあの試合。

全力で叩きにいく。相手がどうあれ関係ない。この勝利がチームの勝利だと、相手コートだけでなく見ている人すべてに印象づけるように。

初っ端から、明日からの個人戦への配慮はきっぱり捨て、陽次たちは全力で相手を潰しにいった。

速く、強く。そして、しなやかに。

足を動かし、ラケットを上げ、体よりさらに鍛え上げた以心伝心で、相手コートを翻弄し続ける。

けれど、相手ペアも、一度も怯んだ表情は見せなかった。

11点差がついた最後のラリーでさえ、ミスを恐れず最後まで攻撃的に挑んできた。

衰えない気力と執念。互いの矜持がぶつかり合う瞬間に生まれる躍動感。

最後の一打まで、陽次は、そのコートを、本当の意味で楽しんだ。

21－13、21－9。

太一と陽次は、輝との約束を果たし、渾身のゲームメイクで、相手の第二ダブルスを撃破した。

そして、さらに大切な任務を全うするため、汗を拭うことも惜しんで、水嶋と榊のコートの応援にまわる。

陽次たちのコートには視線もくれなかったはずの輝を挟んで、二人はベンチに座る。輝は、視線をコートに固定したまま、満足そうに微笑んだ。

「集中」

ピッタリ揃った太一と陽次の声に、榊がわずかに口角を上げた。お前らやるじゃん、そんな笑みだ。水嶋は、あいかわらずポーカーフェイスで、けれど陽次たちの声にはしっかり応え、ラケットをスッと持ち上げた。

わずかに遅れて松田もベンチに来た。松田にも輝から自分たちと同じ指示が出ていたはずだ。勝て、そして余裕を持ってベンチに来いと。

おそらく淡々と頷いただろう松田は、涼しい顔で静かにやってきて、ずっとそこにいたようにチームに声を合わせる。本当に、こいつは寡黙で、たまに口を開けばとびきりの皮肉屋だが、やることはきっちりやる仕事人だ、と陽次は感心する。

ラリーが1本終わるたび、ベンチの声に応え、水嶋と榊はホームポジションで気合の声をあげる。

陽次たちが早々にベンチに入ったことで、水嶋たちのコートに追い風が吹いたことを、陽次は、水嶋と榊の弾むようなリズムで実感する。

輝の、そして今回の采配をすべて輝に委ねた海老原先生の思惑通り。

先生には、俺たち夕メが、誰より、輝の言葉にならすべてを投げ出し必死になることを見透かされている。翌日からの個人戦のことなど、誰一人、今日のコートに持ちこまないことを、先生は知っている。

そして、すべてを出し尽くすように戦った後でさえ真新しい顔で次のコートに立てるよう、先生は俺たちを鍛え抜いてくれた。

すべては、この日のために。

ゲームが終盤に近づくにつれ、ベンチの熱も高くなっていく。

「次の1本が分かれ目ですね」

ただ、輝だけは、スコアシートを見ながら冷静にそう呟いた。

水嶋も榊も、体力的には限界のはず。それでも、彼らのシューズが床をこするスキール音は、諦めを知らないリズムを刻み続ける。

真夏の、熱く湿気たっぷりの体育館で、コートの二人は汗にまみれながらシャトルを追う。ベンチは、祈り、願い、自らの呼吸と声でコートを支える。

すべてが一つに溶け合って、風のないコートに風を生む。そのチームが作り上げた風に乗った水嶋と榊が、ほんのわずかな気合の差で、長く激しいラリーを制した。

輝の言葉どおり、水嶋と榊は、それをきっかけにゲームの流れを自分たちに引き寄せ、最後には、水嶋が、優勝を決めるとても印象的な一打をコートに叩きつけた。

瞬間、ベンチから、いっせいに歓声があがった。陽次の全身にも、喜びが駆け巡る。ベンチを飛び出し、気づけば太一と抱き合っていた。

ふいに、背中でしゃくりあげる声がした。

驚いて振り返ると、ベンチで一人座ったまま、輝がまっすぐ顔をコートに向けて泣いていた。

あの冷静で生真面目な采配者、輝が、声をあげ人目もはばからず号泣していた。

つられて陽次の目にも涙がこみあげてくる。

「陽次、足、痛むのか?」

「えっ」

太一に言われて初めて気づいた。右足の太腿が痙攣していた。その足の痛みで涙目になっている、と太一は勘違いしたらしい。

「問題ない」

興奮していたせいで気づかなかったが、そういえばかすかに痛みはある。けれど、心配かけないよう、そう返した。

「陽次、俺、依存されるのは嫌だけど、頼られるのは、結構、好きなんだけど」

「はい？」

「そういうのって、ちょっとしたコンプレックスを打ち消すのに、いいじゃん」

コンプレックス？

ずっと陽次が妬ましかった、かつて、太一は陽次にそう言った。

だけど、今、太一にそんな気配はまったくない。身体的な小さな差は今でもあるが、メンタル的には、陽次が完全に敗北している。どちらかといえば、コンプレックスがあるのは、陽次の方だ。

「そんなもの、とっくにないくせに」

太一は、ハハッと笑う。

「とにかく、俺、兄ってポジション気に入ってるんだ。それなのに、お前最近、つれないしね」

だから、ほら。そう言って太一は自分の左肩を掌で二度叩く。

陽次は頷き、相手チームと挨拶を交わした後、太一の肩を借りチームの陣地へと移動する。何も言わなくても、陽次たちよりずっと疲れているはずの榊と水嶋が、二人のラケットバッグを分け合って担ぎあげてくれている。

そういえば、この一年、コート以外では、太一とだけでなく他のチームメイトとも今までになく距離をおいて過ごしてきた。

正直寂しかった。でも、結局のところ、シングルスでもダブルスでも、コートでは自分さえもライバルだから、最初からある絆や、誰かに与えられた関係だけを頼りにしていては、これ以上の進歩はない。そう思ったからこその、適度な距離だったはず。

だけど、少し頑なになりすぎていたのかもしれない。

その存在のありがたさを、こんなふうに再確認するのもたまにはいいものだ、と太一の肩の温もりとチームメイトのさりげない優しさに、陽次は素直に感謝する。

競い合う、けれど支え合う。

あたりまえのことだけれど、なにかしら気負いがあれば、どちらかだけに偏ってしまいがちだ。特に双子として育ってきた太一と陽次には、そのバランスが難しい。別々、という感触を自然に受け入れることが難しいから。

「ちゃんと念入りに手当てしないと。個人戦では、あいつらも叩き潰す」

陽次を支えながら歩く太一が、そっと背中に視線を流しながら陽次の耳元で呟く。陽次も笑みを浮かべ、後ろをチラッと見る。

真後ろを歩く榊と、一瞬、視線がからまった。

そういえば、榊の最近のお気に入りの口癖は、「世界は奇跡の積み重ねでできている」だったか。

「奇跡なんか、一生に一回目にするかどうかだろう?」

そう言った陽次に、榊は、こう言って笑った。

「俺は、毎日その奇跡の賜物とバドやってるけど」

「はあ？」

「お前たち自身が、超奇跡じゃん。人が生まれてくることだけでも何億分の一の確率とかだろ？　一卵性双生児が生まれてくるのは、その何百分の一？　しかも、そいつらが、マイナースポーツのバドにめぐり合うのってどういう確率だよ」

陽次は、正直、そんな榊の言葉に頷くことはできない。確か、その時も、どうだろうね、と曖昧に流したはず。自分たちこそが奇跡なら、奇跡のありがたみなんかない、とも思う。

明日からの個人戦では、その榊の目の前で、ありふれた奇跡など、現実の積み重ねの前には無力だと証明してやるのもいいかもしれない。

絶対に負けられない場所で勝ち続けるのに必要なのは、奇跡を信じることではなく、確かな努力の積み重ねの上にある自らの意志のみ。

だから、お前たちが俺たちに勝つ、なんて奇跡は絶対起こらない。

今は、チームに優勝旗を運んできたお前たちを称えるが、明日からの個人戦では、絶対にお前たちを倒す。優勝をもぎとるのは自分たちだ。そして、その勝利さえ、次の瞬間には過去の栄光にして、俺たちは前に進む。

そんな陽次の心の言葉が聞こえるはずもないのに、榊は、受けて立つよというように、不敵な眼差しを陽次に向けた。

ゾクッとするほど嬉しかった。想いの種類や理想はそれぞれでも、コートに懸ける深さは同じだと実感できるから。

太一の足がそっと止まる。視線の先には、輝とマネージャーの櫻井花《さくらいはな》がいた。すでに、陽次の足の手当てのためスタンバイしてくれているらしい。

まったく、このチームは、最高だ。

ここを自分たちの場所に選んだことを、陽次は誇りに思う。

だけど、同時にこうも感じる。居場所は作るもの。だけど、それは、何度も何度も繰り返し、いつでもゼロから作り直すもの。

陽次は、ストンと落ちてきたかのような自分の答えに満足する。

「俺たち、双子でよかったね」

「ああ」

双子だから、迷うことなくダブルスのコートを選んだ。でも、今、互いを最高のパートナー、ライバルだと認めて、二人はダブルスのコートに立っている。

「けど、ダブルスの相方で、もっとよかった」

そっくりで、だけど確かに違う。

その組み合わせの多様さが、二人のダブルスのコートに厚みを持たせてくれる。

他のペアには、この調和は創りだせない。

持って生まれたものだけでいい気なものだ。かつて何度も嫌みとして言われた言葉が、今は宝物のように感じられる。

上等だ。それがあってこその今なんだから。その上に積み重ねた現実の重さを、コートで証明してみせればいいだけ。

「そうだな。俺もそう思っている」

太一は、陽次に向き合い、空いていた右手で、兄らしく、陽次の頭をクシャッと撫でた。

第四章　今が輝く時

十歳年の離れた従姉《いとこ》の影響で、六歳の秋、初めてラケットを握った。

その日から、父の仕事の都合で熊本から神奈川に引っ越す十二歳の秋まで、岬省吾は、天才少年の称号を与えられ、その名に恥じない活躍をしてきた。

始めた頃は、年齢が違えば敵わない相手は大勢いた。けれど、練習したわけでもないのに、自然と床のシャトルをうまくラケットで拾えるようになった頃には、少し上の年代にも勝てるようになり、十歳にもなれば地元では敵なしになっていった。

一緒にバドミントンをやっている同年代の仲間は省吾を羨望の眼差しで見つめ、大人たちは、将来はオリンピック選手だな、と言って省吾のラケットワークを褒めてくれた。

毎日が楽しかった。

より強くなるため、体育館へ通う日々。家では素振りを欠かさず、早朝のランニングも辛いと思ったことはない。

大会で土日がつぶれても、時に大きな学校行事に出られなくても、少しも寂しくなかった。

自分には、バドミントンがある。

人見知りで、恥ずかしがり屋。教室では目立たない地味な少年が、ラケットを握れば、堂々とプレーしてたくさんの視線を集められる。

それは、自分で自分にかける魔法のようなものだった。


「省吾、引っ越しをすることになった」

だから、小学生最後の秋に、父から唐突にそう言われた時も、自分にはバドミントンがあるからどこへ行っても平気、まずそう思った。

それがよりによって、神奈川だとわかるまでは。

神奈川には、一つ上の学年にバドミントン界のプリンス、遊佐賢人がいた。遊佐は、ただの天才じゃない。天才の中の天才。これからのバドミントン界を背負っていくことを期待されている逸材、超天才だ。

地元ではヒーロー、全国に出れば、そこそこ。その程度の自分とは格が違う。

全国規模の大会で何度か対戦して、十二歳の省吾は、すでにそのことを否応なしに心身に刻みつけられていた。

遊佐賢人相手に、ポイントはとれてもゲームはとれない。まして試合に勝つなんて、想像もできない。

ただ、それは省吾だけでなく、同じように天才とおだてられていた、同世代のあらゆるトップクラスの選手に言えたことかもしれない。

それほど遊佐賢人は特別だった。

悔しいとか、残念だとか、そんな感情さえ湧いてこない。

遊佐と対戦した後は、ただもう絶望感に苛《さいな》まれ、自分の無力さにへこみまくるしかない。

少し落ち着いたところで、敗北の記憶、その詳細をできるだけ抹消することに精力をそそぐ。そうでないと、二度と、コートに立てない気がするから。

同じ県に行けば、中学入学と同時に、その遊佐との直接対決は避けられない。

つまり、どんなに頑張っても、遊佐が卒業してしまうまで、自分は県で準優勝者にしかなれない。それどころか、そのむなしい記憶抹消作業を何度も繰り返さないといけない。

嫌だ、神奈川なんかに行きたくない。

バドミントン王国、埼玉や福島も嫌だけど。でも遊佐のいる神奈川よりはずっとまし。

そんなことばかりを考え、ベッドで毎晩のようにのたうち回っているうちに、省吾はふと思った。

それなら、東京の私学に行けばいいんじゃないか？

バドミントンの強豪校で、省吾の学力でも入学可能な私立中学、探せばあるんじゃないのか？

遊佐以外なら、勝てる可能性はある。努力したらなんとかなるかもしれない。頑張れば報われる、そんな可能性が残っている。

「父さん、向こうに行ったら、東京のバドが強い私学に行きたいんだけど。勉強は、今から必死で頑張るから」

階段を駆け下りて、リビングでテレビを見ていた父親にそう言った。

「何、言ってるんだ？　うちにそんな余裕があるわけないだろう」

しかし、父は、お笑い番組から視線をそらさず、躊躇《ちゅうちょ》なくそう言い捨てた。

「けど」

「それに、お前の通う予定の中学、けっこう、バドミントン強いらしいぞ。公立だけど、何度も関東大会に行ってるってさ」

それもあって借りる家を決めたんだから、とやはりテレビを見ながら、しかも声をあげて大笑いしながら父は言う。

もうため息も出なかった。

問題は、神奈川なら、どこでも同じということ。

それにチームがどうとかも関係ない。興味があるのは、自分が一番になれるかどうか。団体戦なんてどうでもいいんだ。というか、みんなで頑張ってとか、チームで一つになるとか、正直苦手だ。どうせ誰かが足を引っ張るし、そいつを励ましたり宥めたり、そういうの、ほんと面倒なんだ。その分、自分が強くなるために時間を使う方がどれだけ効率的かわかる？　と心の中では思うけれど、さすがに、口に出しては言えない。

それに経済的なことは、子どもの自分にはどうすることもできない。

諦めるしかないってことか。省吾は、布団にくるまって、声をたてないようさめざめと泣いた。その先のみじめな二年間を想って。

それでも、しかたなく転校した神奈川の公立小学校を、ほとんど誰の顔と名前も一致しないまま卒業し、中学ではバドミントン部に入った。

だからといって、もはや心身の一部分ともいえるバドミントンをやめる、という選択肢は省吾になかったから。

すぐに三年生に交じってレギュラーになり、自らが三年生になり最後の公式戦を終えるまで、チームのシングルスは省吾の不動の席になった。

望んだわけではないが、父の言っていたとおり、レベルの高いチームだったので、団体戦では何度か県の優勝をもぎとった。

けれど、個人戦では、遊佐賢人にあたれば必ず負ける。つまり、遊佐にあたった時点で、省吾の順位が決まることになった。

準優勝だろうが、ベスト8だろうが、省吾にすれば優勝以外は同じ結果だ。

中学に入ってから二年、省吾はその屈辱に耐え続けた。

そしてそれは、自分が本物の天才の前では、ただの凡人にすぎないことを自覚するには、十分すぎる時間だった。

中学最後の年、遊佐賢人が卒業した後、省吾は、すんなり県の覇者になった。

それほど喜びはなかった。あたりまえと言えばあたりまえ。

遊佐賢人は特別だが、他の奴にすれば、省吾も特別。特別のレベルが桁違いなだけだ。

県レベルでは、かつて、省吾が遊佐に対してそうであったように、向き合っただけで、諦めている奴がほとんど。

そんな相手を倒しても、喜びなど湧くはずもない。

ダブルスでは全国でも有数のペア、ツインズの片割れとやった時も、なんとか試合になった、という程度だった。

ダブルスなんて、しょせん一人で戦えない奴の逃げ場所だ。誰かに自分の足りない部分を補ってもらっている奴に、負けるわけがない。

省吾はそう思っていた。

シングルスのコートで勝ってこそ、勝者として誇りを持てる。自分を守るのは自分だけ。自分に勝つのも自分だけ。

とはいえ、相手に手応えがないよりはあった方がいい。

ツインズは、どちらが兄で弟なのか、その頃の省吾には区別がつかなかったが、どちらとやってもそれなりに相手にはなった。点差がどうあれ、最後まで勝負を投げ出さない。最初から諦めている奴よりはずっとましだ。まし、というだけだけど。

ただ、一人だけ。

覇者であり続けた一年、まし、ではなく、妙にやりにくい相手がいた。

仲町《なかまち》中の水嶋亮。

何度か対戦したのかもしれないが、印象に残っているのは、最後の団体戦シングルス。

省吾は、何度もその対戦を鮮明に夢に見る。

最初は、なんでもない相手だと思った。

事実、インターバルまでは、11－6と、いい感じに引き離していて、いつもどおり余裕たっぷりの試合運びだったはず。

ところがその後、水嶋は、ラリーごとに、いや一打ごとに、気味が悪いほどしぶとくなっていった。

さっきはとれなかった球を、次には必ず拾う。

さっきは打てなかったショットを、次には易々と打つ。

省吾が決めた決め球を、そっくりそのまま返してくる。それも省吾より際どいコースに力強く。

今まで味わったことのない、この違和感は何？

ありえないけれど、まるで、ゲーム中に相手の力を吸収しながら進化しているようだ。

しかも、水嶋は、この状況を楽しんでいるように見える。

省吾自身までが引きこまれていくような、コートに渦巻く躍動感。

いつもより、自分のラケットがうまく操れるのは、そのせいなのか？

見せれば盗まれるかもしれないのに、見せてしまう。もっともっと、ほらこんなに凄いのもあるんだ、そんなふうに。

省吾の方が、経験値が高いのは明らかだ。だから常に先手はとっている。

だけど、いつかどこかで逆転されるかもしれない。あいつが、俺が今まで積み重ねたあれこれを全部吸収したら。負けるかもしれない。

俺が？　遊佐でもなく、こんな無名の選手に負ける？。

一瞬、そう思った。それだけで省吾の膝が小刻みに震えた。

ファーストゲーム、22－20と粘られたが、それでもなんとか振り切った。

セカンドゲーム。

一歩進めば追いつかれ、また一歩進んで追いつかれる。

どう考えても、自分の方がずっと強い。技術も体力も何もかも。だから一度もリードはされていない。なのに、セカンドゲームの間ずっと、省吾は、自分が負けるのでは、という恐怖から逃れられなかった。

21－19で振り切った時、正直ホッとした。

そして、予感した。

こいつは、この先、途方もなく強くなる。

水嶋亮は、本物だ。遊佐賢人と同じような、もしかしたらそれ以上の、他には代えのない才を持っている。

だけど不思議なことに、本人には、まったく自覚がないようだ。気づかないまま、ちょっとうまい選手で終わってくれればいいけど。

なわけないか。

こんな凄い才能、誰かがきっと見つけるに決まっている。そして、きっと手を差し出す。彼を高みに押し上げるために。そうせざるを得ない才、とでもいうのか。

ってていうか、俺、小っちぇえ。こんなこと考える暇があったら、自分を磨けってことだよ。

けど、マジ、嫌になる。天才って、こんな確率で世間にいるものなんだろうか。

それともたまたま？

神奈川って今、そういうパワースポットなわけ？

引っ越ししなきゃよかったな。

今年も団体優勝はいただきだな、省吾は二冠間違いなし。帰り道、省吾を取り囲むように勝利を喜ぶチームメイトの中で、省吾は一人へこみにへこんでいた。

優勝を狙っていた全中は、足の故障もあり、ベスト4止まりと不本意な結果に終わった。けれど、その結果でも、たくさんの強豪校に誘ってもらえた。

正直、遊佐賢人のいる神奈川から出られればどこでもよかった。

いや、できるだけ神奈川から遠く離れたかった。関西の名門比良山《ひらやま》高校を選んだのは、正直、それが理由。ただし、それだけが理由じゃない。遠方の学校の中で、比良山の藤田《ふじた》監督の言葉が、一番心に留まったからだ。

「岬くん、うちへ来なさい。一から教えてあげるから。天才を超える方法を」

監督はそう言った。まるで省吾の心を読むように。

自分は天才なんかじゃない。遊佐賢人に、それは、嫌になるほどわからせてもらった。だけどそれでも強くなりたい。バドを諦めたくない。そんな想いが自分の中にあることも知った。

「天才にも勝てますか？」

「それはわからない。天才も、本物なら努力を惜しまず進化するからね」

確かに。省吾は一瞬、目を閉じ遊佐賢人の姿を思い浮かべる。

遊佐がやっかいなのは、天才のくせに、誰より努力を怠らない、その姿勢だ。

それは、遊佐の体つきを間近で見ればすぐわかる。対戦すれば、その底が知れない体力で、より一層わかる。

「なら、超えるってどういう意味ですか？」

「こいつには敵わないかもしれない、怖い、などとは絶対に思わないということだろうね」

まるで、あの水嶋との試合を見ていたかのように、監督が言う。

いや、いくらなんでも決勝戦でもないあの試合を見ていたはずがない。たとえ見ていたとしても、相手の水嶋さえ感じていなかったはずの、あの時の省吾の不安を感じ取れるはずがない。

「それって、俺が、たとえば遊佐賢人に向き合っている時でもっていうことですか？」

わざと、遊佐の名を出してみる。

「もちろん。遊佐くん以上の相手でも」

「遊佐以上？」

「まさか、遊佐くんが最強だと思っている？」

「まあ」

「君は、思っていた以上にバカだね」

監督が、なぜか嬉しそうに笑う。

「はい？」

その言葉と表情、どちらも理解できず、省吾は首を捻る。

「遊佐くんは、これからの日本バドミントン界を背負っていく天才だ。それは私も否定しない。しかも努力家。才能だけであのプレーはできない。強靱でしなやかなあの肉体は、努力の賜物だろう」

わかっています、と省吾は頷く。

「それでも、世界に出れば、遊佐くん程度の選手はたくさんいる。遊佐くん以上の選手も、同年代に限っても、少なくない。それに、日本でも、遊佐くんを脅かす選手は絶対に出てくるはず」

日本でも？　省吾は、視線を上げた。

たとえば、水嶋亮とか？

けれど、省吾はその名を口にはしない。

監督が水嶋を知っている確率は低いし、それ以上に口にできない複雑なものが自分の中にいっぱいあるから。

「天才っていうのは、不思議なことに、別の天才を呼ぶものなんだよ。一人では強くなれないことを知っているかのように、必ず強力なライバルが出てくる」

やはり、水嶋の顔が目に浮かぶ。

「岬くんには、心当たりがあるのかな」

「いえ、別に」

監督は、フッと笑う。

「とにかく、君はそんな天才たちを敵にまわして、それでもその人たちを超えて強くなっていくしかない。この先もバドミントンを続けていくのなら」

「天才を超えていく」

自分に言いきかせるように、省吾はもう一度呟いた。

「わかりました。お世話になります。よろしくお願いします」

省吾は、藤田監督に、深々と頭を下げた。

親元を離れ、山奥の寮で共同生活をしながらの高校生活が始まった。

想像していたより、その環境はかなり過酷だった。

というか、省吾の覚悟など、ほとんどなかったに等しいほど、その日々は辛く厳しいものだった。部活が、というだけでなく生活全般が。

寮も学校も人里離れた山の中にあり、娯楽と呼べるものがほとんどない。勉強、部活を中心に、規則正しい生活が繰り返される。そしてそのすべてに、厳しく、時に理不尽な上下関係がからまる。

部活だけならともかく、それ以上に、寮での先輩後輩の序列が厳しかった。

いじめ、とまではいえないかもしれないが、それに近いものもあり、幼い頃からずっと甘やかされ緩い生活に慣れきっていた省吾には、我慢ばかりの毎日が続いた。

部活に限って見ても、そもそも単純に、その環境がきつい。

すべてが山の中。夏場でさえ、夜は冷え込みが厳しく長袖が必要だ。秋口からは、厳しい寒さとの戦い。

そして、うんざりするほど、どこもかしこも坂道。

日々の練習も、坂道ダッシュで始まり坂道ダッシュで終わる。上りも辛いが、下りも膝に、腰に慣れない負荷がかかる。生半可な鍛え方しかしてこなかった自分をどれだけ悔いても、楽にはならない。できることといえば、日々更新される筋肉痛と戦いながら、歯を食いしばって、チームのお尻からついていくだけ。

基礎トレが辛いなんて、中学時代は一度も思ったことがなかった。

特別だった省吾に誰もが及び腰だったせいなのか、何にしてもトップを譲らなかったたからなのか、省吾は自分が必要だと思ったことをこなせばそれでよかった。

けれど、ここは違う。

監督、コーチと、実績のある一流の人材が揃えられ、先輩後輩の上下の序列がはっきりしている、強くなるためのこの場所で、反抗や不満は許されない。

不思議なほど、誰も、言葉や態度でそういった威圧感を与えてはこない。むしろそうなら、反発のしがいもあっただろう。それでも、目に見えない壁に圧迫されるように、許されないと感じる自分がいる。

一番どころか、ついていくのがやっと。そんな場所での過酷なトレーニングの日々。

しかもできない分だけ、さらにノルマが増える。せめてコートに入れれば少しは自尊心も蘇ったかもしれないが、あまりの基礎体力のなさに呆《あき》れられ、延々と坂道を走り続けているだけの日もあった。

ラケットを握れない焦り、思うように動かない体。

上から見下ろすことしか知らなかった、いや、自分よりも上は見ようとしなかった自分がどん底にいる現実。それを実感すればするほど、精神がやられていった。

やめたい、と何度も思った。

寮を逃げ出し、自宅通学のクラスメイトの家に逃げ込んだこともある。結局、すっぱり諦める根性もなくて、二晩で舞い戻ったわけだが。翌日、監督にはただ、「走ってこい」とだけ言われ、頷くしかなかった。

こんなことで、天才を超えられる日がくるなんて思えない。自分が、天才どころか特別でもないことに、へこみまくる日々。

寮に帰ると、同室で、タメで親友でもある三浦《みうら》と愚痴をこぼし合うこともよくあった。

ある日、三浦がふとこう呟いた。

「けどさあ、先輩たちって、誰もリタイアしてないんだよ」

「そうなの？」

確か、毎年、何人かは部をやめている、と聞いていたけど。

「怪我や病気で仕方なく諦めた人はいるらしいけど、辛いからってバド部をやめた人、いないんだって。それって結構凄くない？　俺なんか、自分が明日リタイアしても驚かないよ」

三浦にそう言われて気がついた。

自分より技術で劣る先輩も、体力で劣る人は一人もいない。

諦めず続ければ、昨日辛かったこの道のりが、今日は楽になる、そんな瞬間があるのかもしれない。省吾は、三浦の言葉に小さな希望を見出す。

諦めるのはいつでもできる。とにかく、続けよう。誰かにしかできないわけじゃなく、誰にでもできると信じて。

何より、神奈川に逃げ帰るのは、まっぴらだ。遊佐賢人が君臨している、そしてあいつがいる神奈川にだけは戻りたくない。

おそらく、その日が境目になった。三浦が灯してくれた希望の火が、省吾の忍耐力を、地味に、けれど力強く変化させてくれた。

それからも、辛く耐えることばかりの、代わり映えのしない日々が続いた。

けれど、いつの間にか、坂道ダッシュを辛いと思わなくなっていた。上りのせっぱつまった呼吸に余裕ができ、下りに必要な筋肉も少しずつついてきた。それだけのことでも、実感できることが単純に嬉しかった。

高校一年の冬の初め、省吾は、思いがけずレギュラーの座を勝ち取った。チームのシングルスランキング戦でエースの間宮《まみや》さんを破ったことが評価されたらしい。

間宮さんは、シングルス、ダブルスともに関西の王者で、全国でも指折りの実力者だった。

とはいえ、勝利は紙一重の接戦で、勝ったのは、運がよかったともいえる。次も勝てる、という自信はまだなかった。

けれど、試合後、間宮さんは省吾にこう言った。

「待っていたぞ。お前が俺を倒してくれるのを。遅すぎたくらいだ」

「えっ」

省吾は、心底驚き、どういう表情をすればいいのかわからなかった。

「これで来年は、野望が叶うかも」

「どういう意味ですか？」

「今までチームの精神的支柱だった川野《かわの》さんが引退した。俺にあのカリスマ性はない。その上、団体戦でも個人戦でも、シングルス、ダブルスを連戦でこなしていくのは、はっきり言ってしんどい」

確かに。

けれど、ダブルスの実力はダントツで、シングルスもそのメンタルの強さで、最後はその手に勝利をもぎ取ってくるタイプだ。

間宮さんは、前部長の川野さんのようなカリスマ性はないが、打たれ強いというのか精神的にもタフで、言動の意味不明さは愛嬌として受け流され、川野さんの次のリーダーには、全員の総意で選ばれていた。

「それに、しんどいとかいう前に、そんな余裕のないチームじゃあ、上位に食い込んでいくのは難しい。俺が故障や不調でダメになったら、チームもダメってことになる、って尾《お》上《うえ》にも言われてるしね」

尾上さんは副部長。チームの参謀的存在でもある。

だけど、なぜ俺なんだろう？

正直、省吾にはわからない。

古くからの強豪校だから、関西だけでなく省吾のように遠方から集まってくる生徒も多く、選手層は厚い。俺がたまたま今回のランキング戦を制しただけで、途中危ない対戦は何度もあった。だから、他にも候補は何人もいるはずだ。

「君が入ってきた時から、川野も間宮も、君がここのエースになる、と信じていたよ」

いつの間に来たのか、藤田監督が省吾の背後からそう言った。

「けどこいつ、全然足りなかったから」

間宮さんが笑う。

何が？　省吾は首を捻る。

けれど、間宮さんの言葉に、監督も同意するように笑っていた。

「体つきもメンタルも、何もかもダメダメだったからね。あったのは小手先の技術ぐらい」

「けど、あれだけ伸び代あったら、誰だって期待しますよ」

「しかも、まだ結構あるから、甘やかされて育ってきたお前の伸び代」

もう部活からは引退している川野さんまで、打ち合わせていたかのようにやってきてそんなことを言う。

「尾上も、確かに俺程度にはシングルスもこなせる。でも、こなせるだけではダメなんだ。俺もあいつも精一杯だから、これ以上の強さは望めない」

そうなのか？　その誰にもいつも勝ったり負けたりで実感がない省吾は、さらに首を捻る。

「岬、お前、なんで今日、俺に勝てたと思う？　言っとくけど、俺、いっさい手加減はしてない。ここ最近で一番マジだった」

省吾は試合を思い返す。

勝負を決めたのは、ファイナルゲーム、17オール。

そのラリーは防戦一方だった。続けざまにドライブ、スマッシュを打ち込まれ、コート奥に球を返すのが精一杯。このままじゃやられる。しかもこのラリーを持っていかれれば、この先の流れも持っていかれるかもしれない。

その時、声がした。

「前だ、前に出ろ」

仲間の誰かの声だったのか、自分の心の声だったのか。それさえ判断できない状態だったが、確かに聞こえた。

この状態で前に？

相手は間宮さんだ。そのスマッシュは、チームの誰より力強くスピードは速い。

しかし頭より先に体が勝手に動き、気づけば、省吾は、間宮さんの渾身のジャンプスマッシュをネット前で思い切り叩き落としていた。

周囲が一瞬静まり返り、その直後、一斉に喚声があがった。

「あの時、声が聞こえたんです。前に出ろ、って」

「あの時って、17オールのラリーの最後だろ？　あれは参った。へこむのを通り越して笑えた」

間宮さんは、自分の心臓を摑むようなしぐさをして、だけど、なぜか嬉しそうにそう言った。

「はい」

「あれ、尾上だ」

「尾上先輩が？」

省吾がレギュラー入りすれば、自らが外れる可能性が一番高いのに？

「あいつは、ゲームの流れを読むのが的確だ。目がいいんだ。頭の回転もうちで一番速い」

川野さんの言葉に、省吾は頷く。

「だけど、っていうかだから理解している。自分では、全国の上位校の奴らとは戦えないということを。それなら、チームのために、自分が得意なことをできる場所でやる、それをあいつは選んだ」

間宮さんは、まるで自分が尾上さん自身のようにそう言った。聞きようによっては、ひどく冷たい言葉だ。省吾は戸惑う。

妬みや怒りはないのか？　それを抑え込んでまで、チームで勝つことに意味があるのか？

「俺、正直、チームのためってよくわからないです」

省吾は、正直に自分の気持ちを告げる。

「お前がそういう奴だって、みんな知ってる」

川野さんも間宮さんも、声をあげて笑った。

「いや、でも、ちょっとはわかってきたような。うまく実践はできてないかも、ですが」

支えられるということ、支えるということ。

もうダメかもしれない、と萎えかけた時に浮かぶのは、ともに辛い練習に耐えている仲間の顔だったりすることも、最近は間々ある。

中学の時は、つき合いのように声を出していたが、応援の声を出すことに迷いや照れもなくなった。

慣らされたからじゃない。声が届けば力になる、と実感しているから。

「いや、お前はわかってない」

それなのに、川野さんはきっぱりそう言った。

ちょっとは進歩したかと喜んでいたのに、全否定かよ、と少しムッとする。

「岬、チームで戦うっていうのは、みんな仲良く支え合って一つになるってことじゃないんだよ」

「えっ」

監督の言葉に驚いている省吾に、間宮さんもたたみかける。

「それだけじゃ、全然足りないからね」

「どういうことですか？」

「足りないから足りない」

だから、何が？

「自分で考えてみろ。考えてもわからないなら、それで終わりってことだ」

監督が、少し厳しい声でそう言う。

「これから、エースとしてコートに立って、体と心で感じ取ればいい。俺もそうだった。ここに来た時は何もわかっていなくて、ようやくわかったかもと実感できたのは、もうこでみんなとシャトルを打てるのはあとわずか、そんな時期になってからだった」

川野さんは、監督の厳しさを若干和らげるようにそう言うと、省吾の肩をそっと叩いてくれた。

川野さんは、卒業後は、関東のバドミントン強豪大学への進学が決まっていた。けれど、卒業式ぎりぎりまで、寮に残り、後輩の相手をつとめてくれるそうだ。

そんなふうに、自分もなれるんだろうか？　チームの意味もわからないのに。

省吾は、翌日から、今まで以上に真冬の山道を黙々と走った。とりあえず体を鍛え上げることしか、その時の省吾にできることはなかったから。

省吾は、チームの第一シングルスとして勝利を重ねた。

間宮さんは、個人戦ではシングルスにも出たが、団体戦はダブルスに専念するようになった。全国高校選抜バドミントン大会近畿予選も、間宮さんはダブルスに専念した。それでも第三シングルスに名を連ねることにより、エースが最後に控えているということが相手校への威圧となり、チームは余裕をもって決勝に進出できた。

決勝の相手は、最大のライバル、大阪柏工業《おおさかかしわこうぎょう》。

その勝負どころで、初めて省吾は、第一シングルスを外れた。

「岬、お前は第二シングルスだ」

間宮さんがオーダー表を見せながらそう言った。

第一シングルスには、尾上さんの名が。

監督も承知しているらしく、頷いている。

「どうしてですか？」

どんなオーダーでも、もちろん受け入れる。自分の立場でどうこう言えるものでもない。

ただ理由を知りたかった。

「ダブルス二つはこっちだ」

省吾は頷く。

実力からいっても、この大会での調子を見ても、勝つ可能性がかなり高い。

「あっちもそれはわかっている。だから第一シングルスは、間違いなく西野《にしの》だ」

後がないのだから、他に選択肢はない。

シングルスは、間違いなく実力順に出てくる。

「俺じゃあ、無理だっていうことですか」

確かに相手の西野は強い。間宮さんも個人戦でやられているほどだ。

だけど、勝てない相手か？　むしろ自分なら勝てるんじゃないのか。

中学時代、関東を土俵にしていた省吾には、対戦経験もないのであくまでデータ上の感想だが。

「お前なら、勝てるかもしれない。っていうか西野に勝てるとしたら、お前しかいないだろうな」

「なら」

「けど、絶対じゃない。だから、ここは捨てる」

えっ？

「全国に向けて、この大会は優勝しか意味がない」

二位までが全国に行けるが、二位では、シード権がとれない。

チームの目標は全国に行くことじゃない。それはすでに手に入れている。

あくまで、全国で上位に食い込むこと。優勝を目指して。

「でも、何も尾上さんにそんな役割背負わせなくても」

捨てるなら、他の控えでも一年でもいいんじゃないのか。試合に出られることが次の経験につながる、そんなメンバーでも。いやむしろ、自分がいい。勝っても負けても、価値のある経験になるはず。

「尾上ならそれなりに戦える。圧倒的にあっちに持っていかれたら、後の流れもどうなるかわからん。それに、あいつだって勝つかもしれないぞ？　その可能性も見越してのオーダーだ」

そう言われて、気まずくなる。

「かも、ってなんだよ。ムカつくなあ、お前は」

「かも、です。ハイ」

いつのまに来たのか、尾上さんが、省吾のわき腹を小突いた。そして、真顔になって、省吾にこう言った。

「俺が負けたら、お前が二番手の伊崎《いざき》を叩け。徹底的に叩いて、西野の勝ちをなかったことにしてやれ」

省吾は頷く。

そして尾上さんに言われた通り、初っ端からトップギア、相手を寄せつけずポイントを重ねていった。しかし、ファーストゲームを18－6と圧倒的にリードした状態で、そこで省吾の試合は打ち切りになった。

一つ向こうのコートで、尾上さんが、西野相手にファイナルを制し優勝を決めたからだ。

「捨てる、とか嘘ばっかり」

試合を途中で止められ、不完全燃焼で不満顔の省吾に、間宮さんが笑いかける。

「敵を欺くには、まず味方からって言うだろう？」

俺、いいこと言うだろう？　的な自慢顔の間宮さん。だけど。

「欺く必要、なくないですか？」

「まあ、たまには尾上にも、おいしいところ、味わわせてやってもいいじゃないか」

監督のいつもより嬉しそうな言葉と視線につられ、省吾は後ろを振り返る。

チームメイトに囲まれ、尾上さんは満面の笑み。いつもよりずっと弾けていて、そして、少し子どもっぽい顔つきになっていた。

ずっと縁の下の力持ちで、チームを支えてきた。だけど、練習は誰より熱心に取り組んでいた。誰かが怪我や体調不良を訴えた時は、いつも尾上さんがカバーしてくれた。シングルスもダブルスも、どこの場面でも、いつでもどんな時でも。

みんながそれを知っていた。だから、いつも以上にみんなの笑顔も弾けている。

それが素直に嬉しくて、省吾も、輪の中に飛び込んでいった。

誰が決めたっていいんだ。とにかく、俺たちがチャンピオンだ。


翌日から、また山の中。

全国選抜まで、二か月半。そこには、王者埼玉ふたばを筆頭に、強豪校がずらりと出てくる。

そして、あの遊佐賢人がいる横浜湊も、当然、関東の代表としてやってくる。

なぜ、遊佐賢人ほどの選手が、名だたる強豪校を蹴って、全国的には無名に近い横浜湊に進学したのかは知らないが、結果的に、それには大きな意味があった。

個人戦では単複ともに遊佐賢人はぶっちぎりの優勝候補で、団体戦でも、遊佐賢人率いる横浜湊は、全国規模の大会に出てくるのが精一杯だったそれまでとは違い、今や王者埼玉ふたばを脅かす存在だ。

大きなライバルの出現。

鎬《しのぎ》を削る相手があってこそ、より光り輝く存在であるのが王者。その埼玉ふたばにとっても、他の強豪校にとっても、横浜湊は、ありがたくも恐ろしい存在だ。

そして、省吾にとっては、横浜湊の成長ぶりには、もう一つ大きな意味がある。

水嶋亮がそこにいる。中学時代、省吾がただ一人怖いと思った相手。

あの試合で感じた自分の感触が正しければ、天才遊佐賢人のチームメイトとして時間を重ねてきた水嶋は、途方もないものを吸収し手に入れていることになる。

思わず身震いしてしまう。

天才を超える。そのためにここで踏ん張ってきた。

だけど、自分はまだその術を知らない。チームで戦う意味もわからない。手に入れたものはそう多くないのに、遠くない将来、自分はそんな天才たち相手に未知の試合に臨まなければならない。

だけど、この震えは、そう悪いものじゃない気もする。

省吾は、震えと同時に湧き上がってくる喜びにも気づき、なんだか嬉しくなった。

三月に行われた全国選抜大会は、省吾たちは三位に終わった。

けれど、省吾は、王者相手の戦いでも、一勝をもぎとり、一矢を報いた。その一勝が、チームに与えた影響は大きい。なぜなら、省吾はエースであっても、チームメイトにとって決して追いつけない存在じゃないから。

未だ基礎トレではトップグループに入れず、日々のゲーム練習でも、ランキングはなんとか一位を保っているが全勝でぶっちぎっているわけではない。

追いつける、この想いがチームメイトの励みになり、追いつかせない、その気持ちが省吾を叱咤激励する。

残念ながら、遊佐賢人率いる横浜湊とは対戦できず、帰りの電車の関係で決勝も見られなかった。けれど前評判通り、横浜湊は、遊佐と横川のダブルスで一勝、遊佐のシングルスで一勝と、王者を追い込んだらしい。あと一つがとれず、準優勝に終わったけれど。

メンバー表で、水嶋は、まだベンチにも入っていないことを確認した。

ホッとした。まだ、自分の方が前を走っている。

いや、ホッとしている場合か？

遊佐がこれほど進化しているということは、あいつもそうだということでは？

省吾のその予感は、すぐに現実のものとなった。

新しい学年になり、次の最大の目標はインターハイ。

予選を順当に勝ち上がり県の代表を決めた省吾たちのチームに、真新しいパンフレットが届いた。

団体戦には当然横浜湊の名があり、個人戦シングルスには、神奈川県の代表として遊佐賢人と、もう一人、水嶋亮の名があった。

とうとう、あいつが同じ土俵に上がってきた。

寮の談話室で、省吾は、その名をじっと見つめていた。

「どうかした?」

尾上さんが、省吾の背後から声をかけてきた。省吾はあわてて個人戦のページを閉じ、団体戦のページをめくる。

「トーナメント表を見ていました」

省吾の視線をたどり、尾上さんが微笑む。

「神奈川代表? そっか、お前、あっちだもんな」

「はい」

「横浜湊か、あそこは地元出身がほとんどだから中学時代やり合った奴らばっかりだろう?」

「まあ」

「遊佐賢人もいるしね」

「ですね」

同じようなため息が、二人の口からもれる。

「当然、何回か対戦してるよね」

「何度かあたって、全部完敗です。一ゲームもとったことがありません」

「そりゃあそうなるよね。俺も二度やったけど、瞬殺された」

「でも意外です。遊佐賢人って、ダブルスもこんなに強いんですね。中学の時は、シングルスしか見たことがなかったから」

遊佐は、ダブルスでも、県の代表として名を連ねていた。

しかし、中学時代は、ダブルスのコートに立つ姿が想像できないほど、遊佐賢人は、絶対的なシングルスプレーヤーだった。

「強いよ。嫌になるくらい。ただ、ダブルスに限って言えば、遊佐がっていうより相方の横川が曲者《くせもの》なんだ」

そう言って、尾上さんは省吾を部屋に誘った。

今年の関東大会での二人のダブルスを含めた横浜湊の試合を録画したものがあるらしい。

一緒にそれを見ることになった。

まずは、横浜湊のエースダブルス、遊佐・横川ペア。

開いた口がふさがらないほど、圧倒的だった。

尾上さんの言うとおり、横川のゲームメイクが抜群にうまい。遊佐の高校生離れした技術力をうまく活かすため黒子に徹しているが、決して、控えめなわけじゃない。うまく操っている。

あの天才遊佐賢人を、言葉は悪いが、いいように転がしていた。

こんな選手、神奈川にいたのか？

まったく覚えがない。いや間違いなく対戦したことがない。ということは、まさか、高校から始めた？

画面を注視する。

いくらなんでもそれはない。省吾は首を横に振った。このラケットワークは、幼い頃から、ラケットを手の一部のように使ってきた人間のものだ。

「横川って、何者なんです？」

なんとなく、名前は聞き覚えがあるのだけれど。

「あれっ、知らない？　そっか、こいつだけ、神奈川出身じゃないもんな」

「じゃあ、尾上先輩は、中学の頃から知ってるんですね」

「ああ。俺や遊佐のタメで、確か北海道の旭川出身だったはず。全中の準々決勝で一度やったことがある。強かったよ。もうダメかなって思った時、団体戦の疲労を引きずっていた向こうが、勝手に自滅してくれてなんとか勝ったけど、その後の準決勝の相手が遊佐で、ボコボコにされた」

尾上さんはそう言って眉をひそめた。

「北海道ですか」

横浜湊は、県外からも選手をとってきているのか。地元の選手にこだわってチームを作っていた気がするけど。

それなのに省吾は、勧誘を受けなかった。よりによって水嶋かよ。行く気もなかったけれど、なんとなくそれがムカついたことだけは憶えている。

「中学の終わりに神奈川に引っ越したらしい。横浜湊は、本来この横川を中心に次のチームを作る予定だったんだけど、そこへ遊佐が勝手にやってきたから、インターハイに出場するのがやっと、というチームが、インターハイで優勝を狙うチームに一気に飛躍したっていうわけ」

「勝手にやってきた？」

あのプリンス、遊佐賢人が？

「家が近いからって、推薦じゃなくてふつうに受験で入ったらしい」

「そんなバカな」

家が近いから？　ふざけるなよ。遊佐が県外に出ていれば、省吾はそのまま自宅から通える高校もありだったのに。

けれど、もしここに来てなかったら？　そんな自分を想像できるのか。

一番足りなかったものを、自分に容赦なく叩き込んでくれたここに来られたのは、ある意味、遊佐賢人のおかげ。

ほんと、わけわかんないよな、尾上さんは首を捻り肩をすくめる。そして、トーナメント表を指差してこう言った。

「どっちにしても、これに勝たなきゃ、準決勝にも行けないなんて、どんだけハードだよってことと」

「けど、ダブルス一つは無理でも、もう一つは？」

第一、第二、どちらのダブルスも強いのが、うちの強み。

「ここの第二ダブルス、あのツインズだぜ。並みのチームならこっちがエースダブルスでもおかしくない。まあ、ムラがあるから、ねらい目ではあるけど」

えっ。省吾は、小さく声をあげた。

迂闊《うかつ》にも、省吾はそれを知らなかった。

「シングルスも読めないいんだよね。単複を兼ねる遊佐の一勝は鉄板だろ？　他はどうなのかっていうと、関東は二複一単だから、シングルスは次に出てくる水嶋っていう二年がこの大会は出てるんだけど、これがなんていうか、かなりやっかいなんだ」

省吾は頷く。

「知ってるのか？　まあ、神奈川出身でタメだから、知っていても不思議じゃないか」

「俺、誰かと試合やって、初めて怖いと思いました。ずっと勝ってるのに、負けるかもしれないって」

ここがやられっぱなしで、と省吾は、右手で自分の胸を摑む。

こんなふうに自分の弱みを吐き出せるようになった分、それでも胸の痛みは小さくなってきたのかもしれないが。

「ある意味、どんなに凄くても遊佐は想定内なんです。けど、この水嶋は、なんていうかすべてが想定外。ゲーム中に進化するっていうか、一打ごとに強くなるっていうか」

　こんな突拍子もないことを言って笑われるかと思っていたら、尾上さんは、わかるよ、とあっさり頷いた。

「俺、こいつの試合だけもう四回は見た。なんていうか、単純に面白いんだ。ワクワクするっていうか。最後の方なんて、こいつ、たぶんもう意識も飛んでるんじゃないかって感じなのに、それでも足はいっそう素早く動いていて、こいつのもつ独特のリズムがどんどんよくなっていくんだ。時間を追うごとに躍動感が増す」

　興奮気味の尾上さんの言葉に頷いた後、省吾は水嶋の試合を、とりつかれたように最後まで夢中になって見た。

　ファーストゲーム。

　もつれにもつれた激闘の後、最後は粘りきれず相手に持っていかれていた。相手は中学の時から全国区の結城《ゆうき》。経験の差が勝敗につながったのかもしれない。こんな負け方をしたら、普通は、そう簡単に気持ちの切り替えはできない。心身ともに抉られ、萎えていってもおかしくない。

　たった二分のインターバル。汗を拭き水分を補給しながら監督の言葉に頷く水嶋の表情がチラッと映る。

　ああ、これだ。そう思った。

水嶋特有の淡々としたポーカーフェイス。落ち込むことも意気込むこともない。この無表情の下に、驚くほどしぶとい本性が隠れている。

セカンドゲーム、水嶋は、すでにさっきまでの水嶋じゃなかった。

前のゲームで結城のプレーは見切ったように、結城の決め球を拾い、体力を搾り取るように、わずかな隙間を攻め立てる。

ファーストゲームのお返しをするように、そのまま水嶋がセカンドゲームの接戦をものにした。

そして、ファイナルゲーム。

さすがに、結城もトップクラスの選手だけあって、前のゲームを引きずってはいない。なんとしてでも勝つ。その気迫は十分に感じ取れる。

だから、やはり、そのゲームももつれた。

手に汗握る、とはこのことかもしれない。結果もわかっているすでに終わった試合なのに、心がひどく揺さぶられる。

「ほら、ここから」

尾上さんが、画面を指差し大きな声をあげる。

水嶋の18点目のかかったラリー。

風が流れるように、いや、自らのラケットで風を生み出すように、コートの中を水嶋は動く。

ラケットはまるで水嶋の手、そのもののようだ。

しかも、ここまできて、気力も体力も限界だろうに、水嶋は決して焦りを見せない。

流れを引き寄せた瞬間から、絶好のタイミングをたぐり寄せるまで、忍耐強くミスと隣り合わせのショットを何度も相手コートに送り込む。

ポーカーフェイスなのに、どうしてか、じれったさやスリルさえ楽しんでいるように見えた。

これは、もう俺の知っている水嶋じゃない。省吾は声にならない声を、胸の内であげる。

これは、まるで絶好調の遊佐だ。いや、場面によっては、あのダブルスで見せられた横川のしぶとい動きにも似ている。

どちらにしても、最後の最後にきて、汗まみれでできる動きじゃない。

「このラリーを制して、水嶋は4点を連取するんだけど、それがもう神技っていうのか、ここへきて、別次元の選手になってるんだ」

そのすべてのラリーを見て、省吾は思った。

やっぱり、こいつは凄い。遊佐が天才なら、水嶋は化け物や妖怪の類かもしれない。

データを取り入れ、瞬時に計算できる機械のようでもあり、天性の閃《ひらめ》きで動く野生動物のようでもある。

「準々決勝で、たぶんお前が相手をすることになる」

省吾は頷く。

こいつには敵わない。向き合った時、そう思わずにいられるのだろうか？

「遊佐だけでもやっかいなのに、こんな奴まで。けど、俺たちのエースはお前だ。お前に懸けるしかない」

省吾は覚悟を決めて、はい、と答えた。

怖い。だけど、やってみたい。そう思う自分もいる。

天才を超える術は、覚悟を手に入れた後、実際に向き合わないとわからない。そんな気がした。

インターハイ準々決勝。

団体戦、第一シングルス。

すでに、ダブルスで二敗を喫している省吾のチームに後はなかった。

チームの命運を握って、省吾はコートに出る。

「なつかしい顔に会ったなあ」

ハッタリをかますように声をかけた省吾に、水嶋は、驚いた顔をした。

まさか自分を憶えているなんて。そんな顔だ。省吾は、水嶋のことだけを鮮烈に憶えていたのに。この本気で自覚のない様がムカつく。

だから嫌みを言った。ここまで来てるってことは、強くなったんだよね、と。

桁外れの速さでありえないほど強くなっていることは、あの映像だけで十分わかっていた。

すべての経験が力になるのなら、すでに、あの水嶋も過去の水嶋で、今日の水嶋は、きっともっと強いはずだ。

そして、自分との試合中に、さらに進化するはず。

しかも、もしこいつが進化しなかったら、それは、省吾のプレーに得るものがない、ということになる。

どっちにしても、得体の知れない本当にやっかいな相手だ。

大きく一度深呼吸した後、覚悟を決めて、省吾は水嶋と向き合う。

ファーストゲーム、ラブオール、プレー。

主審のコールでファーストゲームが始まる。

想定していたより、ややゆっくりしたペースで探り合いが続く。もどかしさの中、最初のインターバルを1点差でとられた。

決して水嶋をなめていたわけじゃない。むしろ警戒しすぎていたせいだ。

「岬、本気出せ」

監督は、まずそう言った。

出したら出した分だけ、全部ごっそり持っていかれるんですよ。省吾は心の中で呟きながら、それでも一応頷く。

「失くしても、また積み重ねることはできる。でも、ここで逃げたら、もう二度と、君は坂道を上れない。下るしかないんだよ」

監督の目を見て悟った。……知っている。この人は水嶋の怖さを。

知ったうえで言っているのだ。すべてをさらけ出せと。その覚悟もないのなら、バドを諦めて家に帰れと。

それは嫌だ。絶対嫌だ。

「わかりました」

省吾がそう答えると、監督は他には何のアドバイスもせず、サッサとベンチに戻った。仕方なく、あとは水分の補給に励み汗を拭う。

その後、経験のないほどの激闘になった。

もう、出し惜しみはしない。このゲームでわずかに残したとしても、どうせ、次にはまた根こそぎ持っていかれる。この先、バドミントンを諦めないなら、こいつとは何度も戦うことになるはずだから。

省吾は、自分が積み重ねてきたものすべてを使って、水嶋を攻めたてた。

けれど、結局、最後は水嶋にゲームを持っていかれた。渾身のエースショットを止められ、一瞬のとまどいが致命傷になった。ようするに、自滅。気分は最悪だった。

次のインターバルには、間宮さんが来た。

「岬、お前だけに可能性がある」

「はい？」

「天才たちを超えていけるのは、お前だけなんだ」

超え方なんて、さっぱりわからない。追いつくこともままならないのに。

「なぜなら、今から、お前も天才に戻るから」

今から？　戻る？　またわけのわからないことを。

昔も今もそして未来も、俺は天才なんかじゃない。監督も、あんたたちも、ずっと俺にそう言ってきたじゃないか。

言葉だけじゃなく、そのプレーと眼差しで、ふがいないこの心身に、よってたかって、抉りだすように教え込んでくれましたよね。

いくらインターバルでも、試合中にそんな拗ねた言葉を仮にも先輩に返すわけにもいかず、省吾は、間宮さんを黙って見返す。

「だから、バンッとくれてやれ。あっちが背負えないほどいっぱい。大丈夫、一番大事なものだけ手放さなきゃいいんだ」

だからって、何が？

バンってどういうこと？

一番大事なものって何だよ！

そもそも、チームに後がないこの場面で、監督はゆったりベンチに腰をおろし、さほど顔色も変えていない。その代わりにやってきた部長と、こんな禅問答もどきをしている場合なのか？

「じゃあ、頑張れ」

間宮さんは、省吾の肩をポンと叩いて踵を返した。

これで終わり？

審判に促されるように、省吾はコートに戻る。

セカンドゲーム、ラブオール、プレー。

本当に、間宮さんって、意味わかんない。

不謹慎かもしれないが、こんな場面で笑みがこぼれる。肩に背中にはりつめていた力がスッと抜ける。

水嶋には、不敵な態度に見えてくれたら、嬉しいけど。

直後のラリーから、水嶋は、わずかなインターバルの間にデータ処理をすませたように、すでに進化していた。

ファーストゲームで有効だった手はもう使えない。ちょっとしたフェイクにも引っかからない。むしろ、こちらの癖を見切っているように、省吾が打とうとする場所にスッと体を移動させている。

戻りが早く、コートに隙がない。

それでも、セカンドゲームの11点のインターバルは省吾がとった。それは、まだ省吾の経験値が水嶋を上回っているからだろう。ようするに貯金で食べている状態。

　これじゃあダメだ。何か突破口はないのか？

　負けたくない。

　才能だけですべてが決まるなら、どんな努力も無駄だということになる。自分だけのことじゃない。あの坂を何度もともに駆け抜けてきた仲間の努力まで。

　嫌だ。それは絶対に嫌だ。

　勝ちたい。腹の底から、勝ちたいという想いが湧き上がってくる。ゲーム中にこんな激情にかられるのは、初めてかもしれない。

　ようやく来てくれた監督の口元を、省吾は見つめる。

「いい顔になった」

　けれど、返ってきたのはそれだけ。

　後がなくなって、うちのチームは自棄《やけ》になってるのか？　いや違う。それは、省吾を見守る視線でわかる。

　監督もベンチの誰も、まだ諦めていない。エースである省吾を信じている。おそらく最後の1点まで、彼らは、そうやって省吾を信じ抜く。

「思い切りやってこい」

　他には、また何のアドバイスもなかった。

「集中」

コートに戻った省吾に、ベンチから、先輩たちの声が揃って飛んでくる。

していています。これ以上ないほど。省吾はラケットを持ち上げる。


「諦めんなよ」

わかってます。これっぽっちも諦めちゃいませんから。

それなのに、決め手がない。拾って、つないで攻めて。だけど決まらない。

かすかな望みは、まだこちらの体力が残っていること。そして、不思議なことに、怖くないこと。

勝っているのに、負けるかもしれないと思っていた二年前の対戦。

だけど、今、形勢は断然不利なのに、もうダメだ、敵わないとは一度も思っていない。

最後まで力の限りを尽くす。それだけを胸に、省吾は、水嶋を、水嶋の繰り出すショットを、その目で追い続けた。

視線が拾う情報は、そのせいなのか、いつもよりずっと多い。だけど、耳に入ってくるのは、自らのシューズが床をこする音とかなり激しい呼吸音、それだけ。

今が何ポイントで、自分に残されたコートがあとどれくらいなのかもわからなくなってきていた。

そして、終わりは、突然訪れた。

あの、尾上さんと見た映像と同じだった。

最後の最後に、水嶋は、天の糸につられるようにスッと高みに上っていった。

一瞬でステップアップしたそのラケットから繰り出されたショットを、省吾はただ見送ることしかできなかった。

そこから、防戦一方。

勝ちたい、という強い気持ちは変わらず胸の真ん中にあるのに、体が言うことをきかない。どれほど自分を叱咤しても、思うように足が動かない。

貯金は使い果たし、それでも必死でしぼりだしたわずかな稼ぎも、水嶋の速さに追いつくには足りなかった。

省吾は、最後の球が落ちた場所を、納得いくまでじっと見つめた。

後悔や未練からじゃない。

絶対に忘れたくなかった。初めて水嶋に負けたこの瞬間を。それでも諦めず自分が最後までやり抜いたことを。

省吾は、ベンチを振り返る。チームは淡々としていた。

自らのプレーに後悔はないが、チームに対して、申し訳ない気持ちはある。これでチームの挑戦は終わった。先輩たちの夢を、願いを、この手で終わらせてしまった。

ネットを挟んで挨拶を交わし、コートを出た。

「すみませんでした」

隣に並んだ間宮さんに頭を下げた。

「何が？」

「俺のせいで」

「バカ？」

間宮さんのすぐ後ろにいた尾上さんが、省吾の頭を小突いた。

「それとも、間接的に、先に負けた先輩を責めているのか？」

「そんなわけ」

ない。

最後の砦になれなかった自分を恥じているだけだ。

「あっちのチームが、こっちより強かった。それだけだ。また積み重ねるしかない。こっちがより強くなるまで」

「けど、先輩たちは、これが最後のインハイだから」

「そんなの関係ない」

尾上さんは、きっぱり言った。

「チームっていうのは、志がある限りずっと続く」

「大事なのはつなげること」

「俺たちはお前たちにつないだから。後は、頼んだぞ」

先輩たちは、それぞれに、同じ想いを別の言葉で伝える。

でも、俺はチームの意味さえ未だわかっていない。省吾は唇をかみしめた。

仲良し小好しじゃだめ、って言われても。それだけじゃ全然足りないって言われても。

「お前も、チームの意味がわかってきたようだし」

ええっ？

尾上さんの言葉に、思わず省吾はのけぞる。

「だよな。お前の今日の試合は、だからガツンッときた」

間宮さん、面と向かっては言えませんが、あなたの言葉は、マジ、意味不明です。

「それより岬、水嶋に言ってこなくていいのか？」

尾上さんが、チラッと後ろを振り返って言う。

「何を、ですか？」

「次は、負けないって」

「意味ありますか？」

「あるさ。言葉にすればそれは信念になる、かもだ」

省吾は笑って、尾上さんに頭を下げた。

仲間のもとを離れ、水嶋に駆け寄る。そして告げた。

二年前のあの日、自分が感じたこと、今自分が感じていること、そしてこれから感じたいこと。

正確な言葉は憶えていない。だけど、伝わった気がする。

これから、この手にラケットを握っている限り、お前と戦いたい。そのために、自分は何度でも坂を往復する。負けてもなお、自分を信じてくれている仲間のためにも。

「岬、進学のことだけど。そろそろ決めた方がいいぞ」

練習終わりに監督からそう言われたのは、高校最後のインターハイが終わった直後だった。

少し前からいくつか話はきていた。が、準優勝とはいえインターハイの個人戦で水嶋との激戦を経たことで、急に選択肢が増えた。

また、激戦をものにできず負けたけれど、気持ちよく握手を交わせた。水嶋に持っていかれたものもあるけれど、あの試合で、自分自身が手に入れたものも多かったことは、省吾自身が一番よくわかっていた。

けれど、省吾は、勧誘の返事をずるずる保留していた。

このまま、先輩や仲間が多い関西に残りたい気持ちもある。

しかし、あの決勝以後、水嶋となるべく多く対戦するために、関東一部リーグの大学に進みたい気持ちも強い。

水嶋がどこへ行くのかは知らないが、関東を離れることはないだろう。

「水嶋は、早教《そうきょう》大に行くそうだ」

省吾の心を読んだように、監督が言った。

「えっ」

「尾上が、そう言っていたから」

尾上さんは、関西の名門大からの誘いを蹴って、一般入試で早教大に進学し、バドミントン部の選手兼マネージャーとして活躍している。

だとすれば、その情報はかなりの確率で本当なのだろう。

「尾上が来ているから、話を聞いてこい」

えっ、わざわざこっちに来ているのか？　それって、つまり俺を早教大に、ということ？

水嶋と同じチームに。それだけは考えたことがなかった。

省吾は、グルグル頭をめぐらせながら慌てて着替えをすませ、寮に走って戻った。

部室のロッカーに戻って携帯をチェックすると、尾上さんから、お前の部屋で待っている、とメールがきていたから。

にしても、なんで俺の部屋で待ってるんだ？　プライバシーとか、完全無視だな。

そうは思うが、きっと何も文句なんか言えない。

先輩後輩の関係は、卒業後も変わらない。特に、尾上さんのように、尊敬できる先輩ならなおさらだ。

「岬です」

ノックの後、扉の向こうに声をかける。

どうぞ、と尾上さんの声がしたので、自分の部屋に入るのに、許可がいるってどうなんだろう？　と思いながら、省吾は自室のドアを開けた。

「おう。インハイは、惜しかったな」

尾上さんは、省吾のベッドに寝転んだまま右手を上げた。

しかたなく、省吾は同室の三浦のベッドに腰掛ける。

「また、やられましたけどね」

個人戦シングルス決勝、ファイナルの激戦をもぎとったのは、水嶋。

「けど、どっちが勝ってもおかしくない、いい試合だった」

「まあそうなんですけど、結局負けたわけで」

「いや、省吾は、見違えるように強くなった。この一年のお前の頑張りがよくわかる試合だったよ。団体も今の戦力で三位なら立派なものだ」

準決勝で、王者、埼玉ふたばにあと一歩まで迫ったが、結局逃げ切られた。

俺が、ダブルスもこなせたら。

省吾は、今さらながら、後悔にかられた。

水嶋は個人戦シングルスで頂点に立ちながら、ダブルスでもツインズに次いで準優勝。チームでも、何度も二勝を稼いでいる。その差が、横浜湊に団体優勝をもたらしたといえる。もっとも、あのダブルスは、相方の榊の努力の賜物、ともいえるが。

「で、ここからが、本題なんだけど」

尾上さんが、体を起こし、今度はベッドの上であぐらをかいた。

「お前、うちに来ないか？」

やっぱり。

この時期にわざわざ東京からこんな山奥まで戻ってきたのだから、そりゃあそうだよな。

「水嶋が行くんですよね」

一番大切なことを、先に確かめる。

「ああ。菱川《ひしかわ》さんが誘って」

菱川は、横浜湊の、省吾や水嶋の代からすれば三つ上の元部長。

神奈川では、当時数少ない全国区の超有名選手で、遊佐が入る前の横浜湊の礎《いしずえ》を築いた人だ。もしそれがなかったら、いくら遊佐が加入しても、チームはあんな短期間で快進撃はできなかったはず。

だけど。

「できたら、水嶋とは別の大学に進みたいんです」

「なんで？」

「ライバルだから。そうありたいと思っているから」

思い切って口にすると、尾上さんは、まじめな顔で頷いてくれた。

「具体的にはどこに行きたいの？」

「それはまだ。水嶋が早教大に行くっていうのも今日知ったばかりだし。青翔《せいしょう》大か首都《しゅと》体大《たい》か、とにかく水嶋と何度もやれるところがいいです」

正直な今の気持ちを伝える。

「なら、なおさらうちがいいんじゃない？」

「どういう意味ですか？」

「毎日でも、水嶋と打てるよ」

「そういうんじゃなくて、マジ勝負で」

「そんなの、いつだってマジでできるじゃないか。お前たちの気合次第だろ」

「そうですけど」

「水嶋がうちに来ても、とりあえず、なんとか打ち合えるのは菱川さんぐらいだ。けど、水嶋のレベルアップになるほどじゃない。お前じゃないと」

つまり、俺を水嶋の練習台にするってことですか？　つい顔が険しくなる。

「同じことは、岬、お前にも言える。水嶋クラスじゃないと、お前が打ち合ってレベルを上げることは難しい」

「けど、青翔大には遊佐賢人がいます。それに横川祐介も。俺、実はあの人のバド、結構好きなんですよ。人としても尊敬できるっていうか、器がデカい感じも、憧れますよね」

「まあね。それ言われると返す言葉はないんだけど。実は去年、うちも横川が欲しくて何度も誘ったらしいが、青翔の遠田《おんだ》さんが力技で持っていったらしい」

尾上さんは、苦笑した。

そして、いきなり土下座するように頭を下げた。

「うちのチームは、今、とても厳しい状態だ。単複のエース上山《うえまや》さんが卒業して、今、勝ちが読めるのは菱川さんのシングルスぐらいだ。その菱川さんも一年すればいなくなる。後の何年かを引っ張っていく絶対的なエースが必要なんだ」

「だから水嶋が行くんでしょう？」

「足りないんだ。水嶋の一勝じゃ」

確かに。

それは、自分が、今のチームで最後まで悔やんだことだ。

だけど、水嶋はダブルスもこなす。

俺じゃなく、榊を誘えばいいじゃないか。

「榊は？」

「あいつは、進学しないそうだ」

いきなり実業団？

「調理の専門学校に行くらしいよ」

えっ？　あの榊が、バドも水嶋も捨てて、別の道を行く？　冗談だろう。

省吾は、榊と直接話したことはない。

だけど、プレーを見ればわかる。あいつがどんなにバドを愛していて、水嶋とのダブルスを大切にしているかは。

菱川さんに聞いた話だけど、と前置きして尾上さんは教えてくれた。

「榊は、もうずいぶん前からそのことを決めていたらしい。遊佐、横川、水嶋、ツインズ。あんな綺羅星《きらぼし》ばっか身近で見ていたら、誰でもそうなるかもしれないけど」

「けど、榊も、いい選手ですよ」

シングルスとしても強い。それにあのダブルスなら、誰と組んでも、そこそこはいくはず。

だけど、そうか。もしかしたら、そこそこ、じゃ嫌だったのかもしれない。バドミントンをやっていて、行く道の厳しさを想像できない奴なんかいない。あの綺羅星たちでさえ、生き残れるかどうか、誰にもわからない。それほど、メジャーではないスポーツの未来に続く道は厳しい。

「だな。俺もそう思う。引き留める人は多かったらしいが、本人の決心が固いそうだ」

潔いんだな。

まあ、そうじゃなければ、あんなダブルスはできないかもしれない。

「けど、他の誰かとダブルス組ませて、水嶋にもう一勝稼いでもらえばいいじゃないですか？」

そう言った瞬間、嫌な予感に襲われた。

「だろ？　だからお前と水嶋のダブルスでもう一勝、お前のシングルスもほぼ鉄板だから、これで三勝」

やっぱり。

「無茶ですって」

話にならない、とまではさすがに先輩相手に口にできなかったけれど。

「水嶋はともかく、俺はゲーム練でしかダブルスの経験ないんですよ。それもあんな様。よく知ってるでしょう？」

本当に、ダブルスできない奴っているんだなって、尾上さん、お腹かかえて何度も笑っていましたよね？

「お前、後悔しただろう？　あと一歩で勝てなかったチームのために、自分ができることがもっとあったんじゃないかって」

「そりゃあ」

「なら、リベンジしろよ。新しいチームで」

「けど」

省吾の言葉を遮るように、尾上さんが畳み掛ける。

「青翔大に行ったって、リベンジできないぞ。あそこは、ちょっと前の横浜湊。遊佐に横川、ツインズも進学を決め、おまけに遠田岳《がく》までいる。超綺羅星集団だ。あの山崎《やまざき》さんが未だにレギュラーとれないって嘆いているんだから」

思わずため息がこぼれる。省吾の二年先輩の山崎さんは、中学時代から有名な選手で、シングルスもダブルスもこなす。

比良山では、エースではなかったが、その確かな実力で一度もレギュラーを外れたことがなかった。

おまけに、ツインズまで進学を決めたのか。

「首都体大には、埼玉ふたばがこぞって進学する」

「らしいですね」

それもまた、超綺羅星集団。

「まあ、最初は話にならんだろうが、先のことはお前たちの努力次第だ。とりあえずシングルスで二勝稼いでくれたら、ダブルスの一勝は長い目で見るさ」

水嶋と同じチーム。チームのために、水嶋とダブルスを組む。

考えたこともなかった未来。

だけど。

「なら、答えを教えてくれたら、前向きに考えます」

「何のだ？」

省吾は、背筋をスッと伸ばす。

つられるように、尾上さんも姿勢を正す。

間合いよく、省吾は言葉をつなぐ。

「チームって何ですか？」

中学の頃は、自分が勝てばよかった。結果としてチームが勝てば嬉しくないわけじゃなかったけれど。

　ここへ来て、仲間と支え合うことを知った。手を差し出すことの大切さ。差し出された手を握りしめる勇気。一人ではあの坂道を上れなかった。もう一度上りきれる自分を信じ、下る怖さを克服することはできなかった。

　そして、最後の団体戦を終えて、今思うのは。

「お前なりの答えを先に聞いてもいいかな」

　尾上さんは、そう言った。省吾は頷く。なんとなく、そう言われると思っていたから。

　省吾は、一度、大きく息を吸い込み、ゆっくり吐く。心身を弛緩させるように。

「俺にとってチームは、強くなるための土壌です。根をおろすことで栄養を吸い上げ、より強くなる。俺も、他のみんなも。トップを競い合ってあの坂道を上る。そして支え合って下る。それが俺にとってのチームです」

「いい線いってるね。あとちょっとかな」

　尾上さんは笑って、省吾の肩を叩いた。

　まだ正解じゃないのか。

　というか、もしかしたら、尾上さんも正解なんか知らないんじゃないのか。いや、間宮さんじゃないんだ。とりあえず、自分なりの正解は持っているはず。

「そして、足りない部分が、お前にとって一番必要なことかもしれない」

　それって何ですか？　黙ったまま、視線で尋ねる。

「大事なのは、必要な場面で非情になれること。もし一緒に踏ん張れない時は、きっぱり手を離す。その判断の正確さ、チームの一番の肝はそこかな」

尾上さんは、そう言った。

省吾は、拳を握りグッと顎を引く。その言葉の意味の深さをかみしめるために。

これは、尾上さんにしか言えない言葉。

中学時代、尾上さんは京都で一番の選手だった。請われて比良山に来て、初めのうちは期待に沿った結果を残していた。けれど、二年目から伸び悩む時期が続き、尾上さんは二年の終わり、自ら一線を退いた。

怪我や不調が原因じゃない。

冷静にチームに何が必要かを判断し、尾上さん自身が自らをチームの戦力から除外した、と間宮さんは省吾に言った。

そして、力をつけてきた省吾をチームの要に据え、そのバックアップに専念するため補佐に回った。

監督はともかく、ともに汗を流してきた間宮さんたちレギュラー陣が、ちょっと冷たいんじゃないかと思うほどあっさりそれを認めたのには、正直驚いた。

省吾がその疑問を口にした時、部の同期で寮のルームメイト、親友でもある三浦が、部室の壁を指差した。

誰が成すかは関係ない。

成すことが大切だ。


いつ誰がどんなシチュエーションで残した言葉かは知らない。

省吾がここへ来る前から、そして今も、それは部室の壁に貼られている。破れたり黄ばんだりすると、誰かが新しく書き直す。

何の決まりごともないのに、どんないわれも残っていないのに、皆が大切にしていた。

だから、尾上さんは、成すために自分のできることをした。

省吾も、この一年、尾上さんたちの想いをつなぎ、自分のできることをした。

そしてこれからは。

「うちで水嶋と競い合って強くなれ。今よりずっと。そして、いつか一等賞で坂道を上りきれ」

悪くない、のかもしれない。水嶋と切磋琢磨するのも。

「わかりました。監督と相談してから、正式にお返事します」

とは言ったが、すでに省吾の心は決まっていた。尾上さんも、それはわかっているようだ。

「ありがとう」

嬉しそうにそう言って、尾上さんは、省吾の目の前で電話をとり出した。

「尾上です。こっちはＯＫです」

うん？

「そうですか。よかった。これで任務完了ですね」

電話を切った尾上さんは、食えない笑みを浮かべる。

「水嶋、もしかして、まだ正式に返事してないんじゃ？」

「いや、今、菱川さんが正式にＯＫもらったから。結果オーライだな」

「まったく、もし、水嶋が断ったらどうするつもりだったんですか」

「問題ない。お前だけで、十分な戦力だと思っていた。俺は、お前を信じているから」

なら、最初からそう言ってくれたらよかったのに。尾上さんからそんなこと言われたら、絶対、嫌だって言わなかった。

後輩の心先輩知らず、だな。

「水嶋、お前が来るなら、もう迷わないと言ったそうだ。とことんやり合える仲間がいる大切さを俺は知っています、だってさ」

「へえ」

「あいつはお前より、ちょっと利口だな」

「なら、水嶋は先輩に恵まれていたんですね」

機嫌がよさそうなので、ちょっと嫌みを言ってみる。

「言うね」

尾上さんは、予想通りニヤッと笑ってくれた。

「だって、間宮さんとかひどいですからね」

「あいつは感覚だけでなんでも理解した気になってるからね。しかもたいてい擬態語だけでそれを表現しようとする」

二人で顔を見合わせて爆笑する。

「間宮さん、チームとか、実は全然わかってないんじゃないですか？」

笑いながら、省吾は尾上さんに訊いた。

「どうかな。グッときて、ガンとして、ポンッて弾ける感じ、とか言ってたけど」

意味不明だ。けれど。

「なんか、正解って気がしない？」

二人で、バカみたいに、また腹を抱えて笑った。

ちょうど、部屋に戻ってきた三浦も、わけもわからないまま、ただ笑い転げている仲間を見て、一緒に笑った。

チームって、結局、……色んなバカの集まりだな。

それが、省吾の辞書の、チームの項目に書き加えられた最新情報になった。

三年間、男だらけの汗と涙と笑いにまみれた寮生活を終え、大学進学のために省吾が神奈川の実家に戻ると、たった一か月で、父は、今度は新潟に転勤になり、母は迷わずそれについていった。

省吾が家を出ていた三年の間に、両親とも、すっかり子離れを完了していたようで、ありがたくもあり、少し切ない気もした。

一人では広すぎる3LDKだが、今さら入寮の手続きも下宿探しも面倒なので、省吾はそのまま実家から大学に通うことにした。

三年間とはいえ寮生活に馴染んでいたせいか、一人で暮らすことに慣れず、家にいるのにホームシック、という妙な気分の日々だったが、ほどなく思いがけない同居人ができた。

横浜湊で水嶋の相方だった榊翔平だ。

彼の両親がやっている洋食屋『海晴亭』に、何度か水嶋に連れられて通っているうちに、榊とも自然と仲良くなった。

そのうち、こんな話もするようになった。

「うちってさあ、きょうだいが多くて家が手狭だから、俺、そろそろ一人暮らしを考えているんだよね」

「へえ」

弟が二人と妹が一人。榊は四人きょうだいの長男だ。

水嶋情報によれば、すぐ下の弟、浩平《こうへい》は横浜湊の一年生。すでにレギュラーを勝ち取るほどの逸材でシングルスのエース候補らしい。

「でも、やっぱ、家賃って大変じゃん。だから、バイト増やして貯金しなきゃなんだよ」

「ならさ、うちに来ない？」

話の流れで、気軽に誘った。

「えっ？」

「うちは、親が転勤でいなくなって、マンションに俺一人なんだ」

「マジかよ」

「家事を分担してくれるのなら光熱費だけでいいけど」

「そんな夢みたいにおいしい話があるのかよ。けど、ご両親はどうなんだろう？」

「彼女でも作って一緒に暮らせ、とか言ってたくらいだから問題ないだろう。けど、まあ、一応訊いておくよ」

「なら、了解とれたら教えて」

とまあ、こんな調子で、省吾の両親の了解が出た三日後には、榊はそれほど多くない荷物をまとめて引っ越してきた。

榊には、省吾が使っていた部屋を明け渡し、省吾は、昔から秘かに憧れていた、父が書斎にしていた部屋にベッドを移した。

少々強引で母親より口やかましい時もあるが、豪胆な外見とは裏腹に、意外に敏《さと》く、何事においても度を越すことはないので、榊との同居にさして不満はない。

榊は、ずっと店の手伝いもしているし調理の専門学校にも通っているので、料理はとてもうまい。家賃代わりに食事の支度を任せ洗濯や掃除は当番制にしたが、時間があれば、気をきかせて省吾の帰宅前にそちらもサッサとすませてくれている。

省吾も寮での共同生活で訓練されているので、家事全般は苦にならないが、榊ほど手早くもうまくもないので、正直ありがたい。

それに、やはり練習がある日は疲れ切っているので、きれいに片付いた家に戻り、温かい風呂に入り、一人ではなく二人でできたての料理を食べると、相手がごつい男子だとしても、不思議と癒される。

男の二人暮らしとは思えないほど掃除のいきとどいた部屋と豪勢なおもてなし料理を見て、遊びに来た尾上さんと菱川さんは、まるで嫁をもらったようだな、と揶揄《やゆ》するでもなく本気で感心していた。

なのに、水嶋は、ほとんど寄りつかない。引っ越しの当日、荷物の整理の手伝いにチラッと顔を見せたが、引っ越しそばも食べずに先に帰ってしまい、それ以後、省吾が何度か誘っても、なんだかんだと理由をつけて断る。

省吾にすれば、たまには親友とゆっくり話でもしたいだろう、とちょっとした厚意のつもりだったのだが。

海晴亭には頻繁に通っているので、バドの切れ目が縁の切れ目、と榊と距離を置いているわけではないらしい。

それなら省吾のことが実は苦手なのかと勘ぐれば、バド部の練習以外でも、たとえば大学の授業でも、水嶋は、結構自分から省吾のそばにやってくる。

どういうことなのかわけがわからず、榊が自分で焼いたというアップルパイをごちそうになりながら、ある日、水嶋のおかしな態度について訊いてみた。

「妬《や》いてるんだろう」

榊が、何でもないようにサラッと答える。

「はい？」

省吾は、アップルパイを喉につまらせそうになり、慌ててコーヒーを口にした。まだ熱かったせいで舌を火傷して、よけい面倒なことになった。榊が、そんな省吾をフッと笑って、すぐに冷たい水を持ってきてくれた。

「あいつ、俺が湊で松田と仲良くしていた時も、そういうとこ、ちょっとあったし」

松田？

榊たちのタメでとても上品なバドをするシングルスのプレーヤーだった、あの？

って、松田も榊も男じゃん。

「冗談だろ？　あいつ彼女いるから、そっち系じゃないよな」

榊は爆笑した。

「それはないな。若干シスコンだけど」

共働きだった両親の代わりにずっと世話を焼いてくれた姉に、水嶋は頭が上がらないこと、その姉が超絶美人で、今はあの遊佐賢人の恋人らしいということ、それぐらいは省吾も知っていた。

「ならなんで？」

「可愛がってるペットが他の人に妙になついちゃったとか、大事にしている妹に彼氏ができたとか、そういうのに似ているかな」

「はあ」

わかるような、わからないような。

「それに省吾の場合、特別だしね」

プライベートで初対面の日から、榊は省吾を名で呼ぶ。

最初に言っとかないと、後々、面倒だから。そのせいで俺、ずっと水嶋のこと亮って呼べないんだ。なんかそういうのって寂しいじゃん。

確かそんなことを言って、だから省吾でいいよな、と肩を叩かれた。

別段嫌でもなかったので、じゃあお互い名前で、と省吾は素直に頷いた。ただその日から急に、水嶋まで省吾と名前で呼ぶようになったのは、未だに意味がわからない。榊と水嶋は、そうしたいのなら互いを名で呼べばいいわけで、省吾のことはどっちだっていいだろうに、と思うがなんとなく口にできない。

ま、どうでもいいんだけど。

「で、何が特別？」

「今や、お前は水嶋にとって大事なチームメイトでダブルスの相方。それって、横浜湊にいた頃の俺じゃん？」

「まあそうだね」

「つまりここって、あいつにしたら、元カノと今カノが同居してる、みたいな？　そんな場所に来たかないよね、ふつう」

「そういう喩《たと》え、どうなんだろう」

そういう、がどういうのなのかもわからなくなってきたけど。

「わかりやすいだろう？」

どうかな、微妙。

とりあえず、ちょっと変な気分になってくる。

「けどお前、亮のそういう気持ち、わかっていてここに引っ越してきちゃったわけ？」

人一倍、他人に気を遣う榊らしくない気もする。

「家事やれば家賃いらないっていうし、ここは学校にも店にも通うのにちょうどいい場所だから」

「亮の気持ちはどうなるんだよ」

「そんなの関係ない」

意外だった。水嶋にとって榊の存在は絶対だ。榊にとってもそれは同じだと思っていた。

今の言葉は冷たすぎるような。

「俺、水嶋のバドは大好きだけど、水嶋の変に情に流されやすいそういうところ、正直苦手だから」

「マジかよ」

「本人にも言ってあるよ」

「何て?」

「コートの中だけじゃなく外でも、っていうか、あいつは時々中でもダメなんだけど、ちゃんと一番とそれ以外の大事なものの区別をつけろ、って。時と場合によっては、一番じゃないものは切り捨てることも必要だ、ともね」

自分の甘さを見抜かれて、榊に遠まわしに説教されている気がした。

「水嶋の親友ではありたいけど、俺はもうチームメイトでも相方でもない。あいつが恋に悩めば相談にのるけど、バドのあれこれで悩んでも、俺にアドバイスできることなんか何もない」

「そんなことはないだろう? 翔平だって経験者なんだから」

省吾の言葉に、榊は首を横に振った。

「マジで言ってる? 次元が違う経験なんか、あってもないのと同じだろう」

榊の言いたいこともわからなくはない。だけど、道が分かれてからまだ半年。やはり冷たい、というか厳しすぎる気がする。いや、そう感じてしまう自分も甘すぎるのか。

「俺は、あいつが今見ている景色なんか見たことがない。今までだって、きっと見えていた風景は違う。そもそも、俺は景色なんか見る余裕、ほとんどなかったんだから。けどあいつは、今までもこれからも俺が同じ景色を見ていると思っている。それって、俺にしたら結構残酷なことなんだよ」

残酷。なんか、胸にしみる。色んな意味で。

「水嶋は、ようするに甘いんだ」

こういうニュアンスのこと、あの山の中で俺も言われ続けていた。お前は、わかってない、足りないって。

「そこまで上がってくるだけでも、たくさんの人の努力と希望を、言葉は悪いけど、踏みにじってきたってこと、忘れてるよね？」

「わざとじゃない。結果としてそうなっただけだろう？」

水嶋をかばっているのか、自分を弁護しているのか。

しかも、省吾自身が、特別すぎる水嶋を温いと思う部分もある。そこに妬みがないとも言いきれない。

複雑だ。俺って、何かにつけ、微妙な立場だから。

省吾は、ため息をつくのが嫌で少し冷めたコーヒーに口をつけた。

「どんなに努力をしてもそこへは辿り着けない俺のような存在を、蹴散らしてきたってことでしょう？」

蹴散らしてきたことは否定しない。だけどどんなに努力をしても、というその言葉を、水嶋なら否定するのかもしれない。誰よりも努力すれば、望みは叶うはずだと。辿り着けないことなんてないと。

　半年、同じチームで近くにいて感じた。あまりに速く順調に成長してきたせいで、水嶋は挫折を知らなすぎる。

　卑屈に神奈川を逃げ出した自分が、だからといって、水嶋より偉いとは思わない。だけど、これだけは知っている。今立っている場所が同じでも、歩いてきた過程もこれからの道のりも、人はそれぞれまったく違うということ。

　てっぺんから転げ落ち、なんとかはい上がってきたら、もといた場所は全然てっぺんなんかじゃなかった、なんて気持ちを水嶋は味わったこともないんだろうから。

「否定はできない、かな」

「ちょっとは苦労したってことか、お前も」

　榊が笑う。

「そうなのかな」

　省吾は曖昧に首を捻る。

「でも省吾、お前も俺のような凡人とは違う」

　榊は、言葉とはニュアンスの違う眼差しを、省吾に向ける。

　その違いをわかりかねている省吾は、やはり首を捻るしかない。

「なんで、中学時代あんな自信満々だったお前がそこまで謙虚になったのか知んないけど」

いや、中学時代だって、なんとか矜持を持てたのは三年の時だけだ。それに、あの山中で、毎日坂道ダッシュしていれば悟る。自分が特別じゃないってことを。

「にしても、もっと自信持てよ。省吾は、ちゃんと努力が実を結ぶタイプだ」

自分の才がどんなものなのか、やはり省吾はわからない。遊佐賢人にやられっぱなしの中学の二年間に、あの水嶋の強烈な印象に、どんな自信も持てなくなった。

だけど、こうやって周囲が言ってくれるのなら、何かしら未来に続く才があるのかもしれない。

それなら、自覚できるまで努力を続けるしかない。何度でも、新しい坂道をダッシュで往復するしかない。それが何でもないふつうの基礎トレに感じられるまで。

「俺は、遊佐さんや亮とは違う。だけどお前のように潔くもない。まだ当分コートにしがみつくと思う」

省吾の自分に言い聞かせるような言葉に、榊は笑った。

「俺は省吾にやられっぱなしの記憶しかなくて、だからお前のバドはちょっと苦手だけど、友人としてお前のことは気に入っている。だから応援してるよ。水嶋の次にな」

次かよ。

なんだかんだ言っても、水嶋が一番なんだな。まあいいけど。

「でも省吾が、水嶋より面白いバド見せてくれるんなら、お前の一番のファンになるよ」

面白いって難しい。強くなるだけじゃダメなんだから。

それに自分には向いていない。そういうのは水嶋や遊佐賢人の持ち味で、自分が目指すものじゃない、という気もする。

もし自分が目指すのなら、面白みのかけらもない生真面目で粘り強いバド、相手の面白みさえ消すほどのバド、なのかなって思う。

「そういえば、遊佐さんの故障、どうなの?」

だけどそんな自分の想いはまだ誰にも話せる気がしないので、今、一番気になっていることに話題を変えてみた。

ある意味、水嶋がこれほど凄い選手に成長できたのは、遊佐賢人という天才がいつも水嶋の前に立ちはだかっていたからだ。

そんな遊佐賢人が指の故障に見舞われたのは、二か月ほど前。

もちろん、本人が一番ショックを受けたはずだが、周囲のそれも、半端じゃなかった。遊佐賢人と一度でも打ち合ったことのある者、そばでそのプレーに圧倒されたことのある者にとって、遊佐賢人こそが、まず目指すべき夢の場所だったから。

「厳しいみたいだよ。半年以上、ラケットは握れないらしい」

省吾は、指の故障だということしか知らない。

水嶋も、そのことについては何も話してくれない。話せば故障が長引くとでも思っているように。

「そうか」

「あの人がいないと、すべてが停滞する感じだよな」

秋のリーグ戦もインカレも、遊佐賢人が抜けたことで青翔大は脱落し、早教大は首都体大との激戦を凌ぎ、優勝を手にした。

けれど、省吾も水嶋も、それを素直に喜べなかった。

いや、きっと誰も喜んでいない。

みんなが、大げさじゃなく、バドミントン界すべてが、祈るように待っている。天才遊佐賢人の復活を。

「なんだかんだいっても、亮にも一度も負けなかったからな」

「遊佐さんはただの天才じゃないから。コートに入れば、相手にも自分にも甘さのかけらも見せない。まあ、コートの外に出れば、逆に、人としてちょっとどうかな、と思うけど」

「そうなの？」

上品で容姿端麗、本物の王子様みたいなのに。けど、王子様って、わがままって気もするな。つまり、見たまんまってことか。

「たいていそばに横川さんがいるから、そこは締めてるけど。いないとひどいっていうか、とにかく面倒くさいんだ」

「へえ」

そういえば、どこかの会場で会った時、試合で対戦する以外ではほぼ初対面だったのに、嫌みばかり言われていた気もする。あの時も、横川さんと水嶋がさりげなくフォローしてくれていた。

そういえば、おとなげない人だな、とあの時チラッと思った。

もっとも省吾は、比良山の先輩、川野さんの応援に夢中になっていたから、それほど気にしなかったけれど。

「けどまあ、バドに関しては本当に凄い人だから、尊敬している」

「うん」

幼い頃から、一度も転落することなくトップに君臨し続けてきた人。今度の故障がなかったら、きっと今も。

自分とは大違い。

以前は単純に才能の差だと思っていたが、高校時代の三年間を経て、その努力の深さを想像するようになり、やはり自分に足りないのは、その部分だろうと反省もするようになった。

「俺が料理の道へ行くって決めた時、海老原先生でさえ、もう少し考えてみたらどうだと言ったのに、遊佐さんだけは、その方がいいな、ってすぐに言ってくれた。かも、とか、たぶん、とも言わなかった」

「それは冷たすぎるんじゃゃ？」

わざとそう言ってみた。

「いや、俺のことを想って、そう言ってくれたんだと思う」

そうなのか？

どうでもよかったから、あるいは、先に潰しておきたかったから、とか？

「遊佐さんは、そういう判断、間違わない。情に流されず、一番いい方向を見定める」

「言い切るね」

「ずっとそばで見てきたから」

なにを？　と省吾は視線を向ける。

「自分の中に溢れるほどの情熱を持っているのに、コートに必要なのはそれを上回る冷静さだと、遊佐さんは知っている。そして、それをコートの状況に合わせて実践できる、ただ一人の人だ。俺の知る限り」

だから、コートの外でどんな俺様言葉で傲慢な態度をとっていても、その根っこにある誠実さを信用できるんだ、と榊はめずらしく照れたように笑った。

「亮だって、結構、っていうか相当冷静だよ」

「あいつに足りないのは、逆に熱さだよ、あいつは冷静すぎる。湊で初めて出会った頃に比べればずいぶんましになったけど」

「っていうか、湊って、熱さにこだわりすぎなんじゃないの？」

「そんなことないよ。省吾だって、過ぎるぐらい熱くなるじゃん。あの最後のインハイの決勝なんて、見ているこっちまで火傷しそうだったけど？」

それはそうかもしれないけど。

「あの時は、亮だって、ちゃんと熱かった、と俺は思うけど」

榊が頷く。

「お前が相手だったからだろうな」

「そうなのか？」

「遊佐さん以外で、あいつがあんなに熱くなるのを、俺、初めて見た。そんで気がついた。とはいえ、そうなると逆に冷静さに欠ける。もっとバランスよくできれば、無敵になれるのにって」

「つまり？」

「遊佐さんの強さって、バランスだってことかな」

省吾は、納得して大きく頷く。

あの水嶋がどうしても、あと一歩のところで遊佐賢人を倒せないのは、その判断の精度の違い。

そして、コートでは、熱さと冷静さ、両方のバランスこそが、シャトルの行方を決める大きな要因になる。

水嶋だって、もちろんそれはわかっている。けれど、それをコートで実践するには、やはり経験が必要だ。

遊佐賢人が、幼い頃から積み重ねてきたトップレベルでの経験。水嶋には絶対に手に入らないもの。それを水嶋は、別の何かで埋めていかなければならない。

才能と努力以外にも、必要なものは多い。そしてそれは省吾にとっても同じ。

結局、俺も水嶋も、まだまだってことだな、と省吾は自分に言い聞かせるように頷いた。

「きっと、っていうか絶対戻ってくるよ。遊佐さんは」

「ああ。あの人からバドとったら、ただの残念なイケメンだからな」

榊が笑う。

つられて省吾も笑う。

遊佐賢人の人となりを、省吾はよく知らない。それなのに笑ってしまうのは悪い気もするが、でも、コートを出ればそんな感じかも、と思ってしまう。

「翔平って、遠慮ないな」

「よく言われる」

「けど、やっぱり戻ってきて欲しい。俺個人にとっても、チームとしても、ライバルは多い方がいい」

そう思えるようになっただけ、少しは成長できたのかな。

間宮さんがいたら、きっとこう言うだろう。

遅いんだよ、お前は。もっとガアーッと行けよ。そんでもってガツンとやってやれ。

省吾は微笑んだ。

きっとその意味はわからなかっただろうけど、榊も同じように微笑んだ。

ようやく、半年ぶりに、遊佐賢人がコートに戻ってきた。

春のリーグ戦、初っ端の試合で、いきなり水嶋とシングルスでの対戦だった。

勝敗は、やる前からわかっていた。

今の成長著しい水嶋に、いくらとびきりの天才とはいえ、長い故障から復帰してきたばかりの遊佐賢人が勝てる見込みはほとんどない。

だからこそ、早教大のメンバーは驚いた。

試合勘を取り戻すため、遊佐は、ダブルスにだけ出るはず。第一シングルスは、おそらく横川祐介。そう予想していたから。

チームへのダメージを最小限にするため、水嶋との一戦は捨てるはず。だとしたら第一シングルスには横川が一番適任。体力もメンタルも、どんな結果にも左右されないタフさがある。

それを水嶋が叩けば、その他のメンバーなら、なんとか省吾でも勝てるだろう。

それがまさか、あの遊佐賢人を捨て駒にするなんて。遊佐賢人は青翔大の象徴でキングであり続けなければいけない存在のはず。

オーダー表を見た瞬間、今日はマズイかもしれない、と思ったのは、おそらく省吾だけじゃない。

省吾は、三日前の水嶋とのゲーム練習で右肩を痛めていた。勝利を目前にテンションが上がり、無理な体勢で無茶をした。水嶋と向き合うと、どうしても冷静さに欠けてしまう。わかっていたのに、本番ならまだしも、調整のためのゲーム練習で。バカとしか言いようがない。

おまけに水嶋は、自分のせいでもないのに、省吾のその負傷に責任を感じていた。さすがに、水嶋がシングルスを落とすことはないだろうが、省吾のシングルス、それ以上に省吾と水嶋のダブルスは、かなり不安定な状態だ。

青翔大が第一シングルスを捨てたことで、何も始まらない段階で、早教大は水嶋の一勝だけしか読めない状態に追い込まれた。

第二シングルス、省吾は、最も尊敬している選手の一人、横川祐介と向き合うことになった。

それでも、本来なら、競るだろうが勝たなくてはいけない相手だ。

中学時代シングルスで全国区だったにもかかわらず、横川祐介は、横浜湊に入ってからは、基本的にはダブルスの選手として活躍していた。

結果として犠牲にした部分も多い。一番はシングルス戦での実戦経験だ。とはいえ、日々あの遊佐賢人と誰より打ち合っているのだから、その強さは半端じゃない。

だけど、省吾も水嶋と鎬を削っている。

水嶋が遊佐を叩くのなら、省吾も、どんな条件下であっても、勝たなければいけない相手だった。

覚悟も意気込みもあったはず。しかし、結果として、今までにないぐらい不甲斐ない試合になってしまった。

できる限りの手当てをして、痛みを最小限にとどめ試合に臨んだが、セカンドゲームの途中から、痛みがひどくなり、思うように腕も上がらなくなってきた。

故障のことを知らない横川には、省吾のプレーは相手をなめているとしか映らなかったかもしれない。

ネットの向こうで、不敵な笑みを見せ、しっかり気合を込めろとでもいうように省吾を見つめる横川に、全力で立ち向かえない自分を申し訳ないと思った。しかし肩をかばうことで足や腰にもいつもと違う負荷がかかり、気持ちとは裏腹に、省吾の動きはどんどん悪くなっていった。

覚悟だけで勝てる人じゃない。わかっていた。

だけど、チームの現状として、この程度なら、故障を押してでも省吾が出るしかなかった。想定していた相手はツインズのどちらか。それならなんとかしのげると思っていた。

自分もチームも甘かった。言いわけの一つも見つけられない試合内容に、ひどく落ち込んだ。しかも、ダブルスはさらに悲惨だった。

ようやく形になってきた水嶋とのダブルスだが、相手は、遊佐・横川。

ダブルスのコートでの、横川祐介その人自身のような器の大きいプレースタイルは、たとえパートナーが遊佐賢人でなくても、他を圧倒する。

それを、省吾は、遊佐賢人が故障で休んでいる間に実感した。

横川は、横浜湊の後輩でもある水嶋と組み、急遽出場した全日本でベスト8に入った。

横川の掌の上で気持ちよく転がされ、気がついたら、行ったことのない場所で、心地のいい風を感じていた、水嶋的にはそんな感触だったらしい。

観覧席からその姿を見続けていた省吾は、ダブルスのコートで、水を得た魚のように躍動する水嶋を、呆然と、羨望をもって眺めていた。

水嶋は、ダブルスでも、あんな凄いバドができる。相方の技量と心持ちで、見違えたように活き活きとする。

榊が降りたことで見えなくなっていたけれど、あいつとのコートでもそうだった。水嶋は、ダブルスのコートでも光り輝いていた。

心が震えた。

水嶋と同じコートにいられる時間はそう長くない。チームのため、その名目がなくなれば、あいつは二度とダブルスのコートには入らないだろう。

だけど、それならなおさら、限られた時間で新しい坂道に挑戦したい。

自分さえ頑張れば、そう思った。

だけど、水嶋と相手コートで向き合うことで、シングルスは自分でも驚くほど成長していくのに、二人のダブルスは、なんとか公式戦で使い物になってきた、その程度だ。

尾上さんを筆頭に最近の先輩たちの表情を見ていると、「長い目」の期間も、終わりが近い気がする。

水嶋との基礎打ちを終え、目の前の二人に向き合う。

復帰間もない遊佐賢人も、シングルスとは違い、ダブルスのコートでは、おそらく何の憂いもなくプレーできるのだろう。シングルスの時とは、顔つきまで違う。

相手コートのど真ん中に見えない形で君臨するのは、絶対の信頼感。妬ましいほどだ。万全で臨んでも、今の省吾たちに勝てる相手ではないのに、省吾は肩の故障、水嶋は、その故障の責任を引きずって、メンタルが絶不調。

こちらのコートには誇れるものは、何もなかった。相手になるはずがない。横並びに固定され、最初から最後まで、省吾と水嶋は防戦一方だった。


甘いんだ。

翔平、まったく、お前の言う通り。

全然足りない。

先輩、ごめんなさい。成長のかけらもなくて。

省吾は、試合が終わるまで、謝り続けていた。

目の前の相手に、水嶋に、榊に、先輩に。そしてチームに。

みじめな敗北をかみしめながら、痛めている肩と、かばったせいなのかむしろこちらの方が気になる腰の養生のため、チームが世話になっている整体に寄ってから部屋に戻ることにした。

まあ、それほどひどいことにはなっていないかな。

整体師の言葉にホッとし、明日はもっとうまく動いて痛みを最小限に散らさないと、と自分に言い聞かせながら家路についた。

榊は、まだ帰っていないようだ。まっすぐ風呂場に直行しお湯を溜めた。

とにかく、ゆっくりつかって疲れをとりたかった。実際、体より心がやられていた。

明日も試合がある。切り替えなくては。

勝っても負けても、白紙に戻す。慣れた作業のはず。

しかし、今日に限って、へこみが戻らない。いや、どんどんへこみがひどくなる。

湯船にいっぱいに溜めたお湯に入浴剤を入れ、体を深く沈める。そのうち、無意識に頭までつかり、膝を抱え、しばらく潜ったままで目を閉じていた。

いつまでたっても埋まらない、理想と現実のギャップ。そのはざまでもがいている自分を、ほんの少しの間だけでも無にするため。

そろそろ限界か、息苦しくなってきた。そんな時、急に風呂場のドアが開いた。

帰宅した榊が、省吾が風呂を使っていることに気づかず、風呂掃除をしようと入ってきたらしい。

「省吾、大丈夫か」

慌てた榊の声が、湯を通し、くぐもって聞こえる。

省吾は、ゆっくり人工の濁り湯から顔を出した。

榊の、安堵のため息が聞こえる。

「溺れているのかと思ったじゃないか。おどかすなよ」

「ごめん、ちょっとへこんでた」

「にしても、お前、それ、へたしたら死ぬぞ」

そう言いながら、榊は慌てて風呂場を出て行く。

心配をかけても悪いので、熱いシャワーを浴びた後で、風呂を出た。

榊は、もう食事の用意に入っていた。

「すぐできるよ。座ってなよ」

「手伝うよ」

「ありがたいけど、はっきり言って邪魔かな」

榊は、右手で省吾を払った。

おとなしくテーブルについて待つことにした。

ほどなく、美味そうなオムライスとシーザーサラダができあがった。コンソメスープもちゃんとついている。省吾は、しばらくただ黙々と食べることに専念した。

省吾がスプーンを置くと榊が話しかけてきた。

「どうだった？　って訊くまでもないか。あんな様じゃね」

相変わらず容赦ない。けど、その方がダメージが小さくていい。

「青翔大に完敗。亮が遊佐さんからもぎ取った一勝だけ」

「遊佐さん、シングルスに出たのか？」

榊が、驚いた声を出した。

「うん」

はあ、っと大きなため息が聞こえる。

「復帰戦だよな？　ダブルスだけかと思ってたよ」

「うちのチームもそうだよ。まさか、遊佐賢人を捨てシンって、ありえないだろう」

「どうせ、自分で立候補したんだよ」

「そうなのか？」

「あの人、チームのためならなんだってやる」

「だとしたら、やっかいな人だって、今まで以上に認識しなきゃな」

誇りは人一倍持っているはず。しかしそれをためらいもせず削りとるのだから。

「で、省吾は？」

「横川さんが相手だったけど、途中からラケットも上がらなくなって」

ああ、と榊は省吾の肩に視線を向ける。

昨夜、湿布を貼ってくれたのも、朝、家を出る前に丁寧にテーピングしてくれたのも榊だった。

「無理しない方がよかったんじゃ？」

「けど、レギュラーのうち三人が故障で離脱しているから、この程度で俺まで抜けるわけにはいかない。それに、もし、横川さんが相手じゃなきゃ、なんとかなったはずだし」

「横川さん、怒ってただろう？」

「うん。笑顔でぶち切れてた」

肩の故障のこと、言ってないんだろう？　と榊が目で訊く。まあね、というように省吾は視線を伏せる。

「後で、俺がフォローしとくよ」

「いいよ。もう慣れてるから」

「何に？」

「なんていうか、俺の人生って誤解の積み重ね？　みたいな」

「そんなのに慣れんなよ」

榊が苦笑する。

「けど、やっぱ、フォローなんかいらない。試合に言いわけなんか無駄だ。体調も含めてすべてが自己責任だから」

「それもそうだな。水嶋や省吾に、甘いんだよ、なんて言って、甘いのは俺か。ちょっとコートを離れたら、そんなこともわかんなくなるんだから」

「いや、でもありがとう。こうやって話すだけで、ずいぶんへこみが戻ってきた」

「そっか。ならよかった。俺も、家主の水死体発見、とか嫌だし」

「それ、亮に言うなよ」

榊は、ニッと笑っただけで返事をしなかった。


その年のインカレは、団体、シングルス、ダブルス、すべての栄冠を、見事に復活した遊佐賢人が手にした。

水嶋と一緒に、団体戦優勝を喜ぶチーム青翔大の姿を応援席から見ていた。

「悔しいな」

水嶋は唇をかみしめていた。

青翔大の団体優勝のお祭り騒ぎが終わっても、しばらく、省吾たちは席を立つこともできず、ぼんやりしていた。

早教大は、決勝の舞台にも立てなかった。あと一勝に、また泣かされた。昨年のあの弾けるような喜びをもう一度味わいたい、その想いを胸にずっと頑張ってきたのに。

「遊佐さんは凄い。たった一人で、チームの士気を上げるんだから」

ようやく口を開いた省吾に、水嶋は一度頷いてから、思い直したように頭を振った。

「一人じゃないんだ」

「うん？」

「横川さんがいるから、あの人は、あんなに輝ける」

水嶋の淡々とした口調に、なるほど、と省吾は頷く。そして、どちらからともなくため息をついた。

遊佐賢人がチームに戻れば、遊佐、横川のシングルス、そしてダブルスの三勝が稼げる。そこに成長著しいツインズのダブルスもあるのだから、対戦相手によって、何通りも体力の温存が望めるオーダーが組める。

本来、早教大も、水嶋と省吾で、同じ三勝を手に入れようとしていた。

ただ、練習量を増やし色々工夫しても、どうしても二勝にしかならない。

水嶋は、きっとこう考えている。

もう限界なのかもしれない。無理をしてダブルスを組むより、それぞれが、自分のシングルスを磨くことに集中した方が結局チームのためになるのでは。

だけど、省吾は諦めきれない。

全日本での、あの水嶋のダブルスの活躍を目にしているから。湧き上がる興奮と執着心を省吾の心が憶えているから。

物思いにふけっていた省吾の隣で、メールがきたのか、水嶋が携帯を手にする。

「ちょっと抜けていい？」

べつに省吾に許可を得る必要もないのに、水嶋は、こういう時いつも律儀だ。

けれど、よほど急いでいるのか、省吾の返事も待たず席を立ち急ぎ足で行ってしまった。

「どうぞ、ごゆっくり」

省吾は微笑んで、その背中に頷く。

きっと彼女が来ているのだろう。

今回のインカレは会場が地元なので、応援の数はいつになく多い。連日入れ替わり立ち替わり、応援の人が会場に足を向けてくれている。

けれど、これほど急《せ》いた様子でいそいそと会いにいくなんて、彼女以外にありえない、そう思った。

水嶋が席を立ってすぐ、省吾の携帯にもメールがきた。榊からのメールだった。

今、俺が水嶋を呼び出したから、お前、横川さんのところに行け。

水嶋とのダブルス、諦めたくないなら、行って、アドバイスもらえ。

ちなみに、横川さん、今一人でチームの応援席にいる。

遊佐さんが戻ってくる前に早く行け。戻ったら、ややこしいことになるから。

榊だったのか。

彼女でなくても、あんなふうにいそいそ駆けていくのか。水嶋にとって、榊の存在がどれほど大きいものなのか、改めて思い知った気がする。

そして、省吾も慌てて席を立つ。横川祐介の姿を捜すために。

その人は、榊の教えてくれた通りの場所で、たった一人で、明日からの個人戦の練習に励む他校の選手たちを眺めていた。

今まで見たことがないほど、静かでゆったりとした雰囲気だった。

穏やかで温かい。それでも特別なオーラを放っているのは、やはりそういう存在だからだろう。

邪魔をするのは申し訳ないと思ったけれど、せっかく榊がおぜん立てしてくれたのだからと自分を励まし、思い切って声をかけてみる。

怪訝な顔で振り向いたその人に用件を告げると、最初はやはり少し迷惑そうな顔をされたが、それでも、すぐに省吾の言葉に真摯に向き合おうとしてくれた。

この人は、やはり大きな人だ、と話を終えてチーム席に戻りながら省吾は思った。

ライバル校の、自分とは無関係な一選手に、ちゃんとアドバイスをしてくれる。しかも、間宮さんと違って、とてもわかりやすい言葉で。

シングルスで水嶋と向き合うように、ダブルスでも鎬を削れ。

信頼は、崇拝や遠慮とは違うんだよ。

省吾は、水嶋を崇拝してはいない。けれど、ダブルスのコートで、確かに水嶋に遠慮している部分はある。

水嶋を活かすには、自分はどう動けばいいのか？　省吾は、常にそう考えながら、自分の動きを判断していた。

だけど、きっとそれではダメなんだ。

自分が活きるためにどうする？　まずそこからじゃないと。

本気でぶつかり合って、その上で、互いを補うためにどうするのかを判断する。

ダブルスのコートでは、どちらが上でも下でもなく対等であるべき、ぶれない姿勢が大切なのだ、と省吾は横川祐介の言葉を自分なりに理解した。

理解したが、ではどうすればいいのかはまだわからない。

もう少し、ヒントをもらおうかと思っていたら、遊佐賢人が、目の色を変え走って戻ってきた。

断りもなく勝手に話すな、と睨まれた。いきなりけんか腰で、正直、かなり引いた。

横浜湊出身の奴らって、前から薄々感じていたけど、ちょっと変だ。

それとも強くなるためには、必要なのか。それってどうなの？　って思うほどの、名前のよくわからない情の熱さが。

家に戻る前に、榊にメールした。

勝手に食べて帰ると、榊の手間が無駄になるので、必ず確認するように榊に言われている。同居の期間が長くなるにつれ、それなりのルールができあがってきて、面倒だと思うこともあるが、正直、省吾にとってはそういうしばりのある生活の方が、メンタルが安定する。

今日は、夕飯どうなってる？

すぐに返信がきた。


作るよ。てか、もう作り始めてる。

今日は店の手伝いもないから、余裕だよ。

水嶋も誘え。根回ししておいたから。


半信半疑で、ミーティングの後、夕食をうちでどう？　と水嶋を誘ったら、めずらしく素直に頷いた。

きつねにつままれたような気持ちで、水嶋と一緒に家路についた。

玄関を入ると、もういい匂いが漂ってくる。

「ただいま」

省吾がキッチンの方に声をかけると、おかえり、今ちょっと手が離せないから勝手にやって、と榊の声が戻ってきた。

「美味そうな匂いだな」

水嶋に言うと、水嶋も頷く。

「ローストビーフだよ、たぶん。なんか学校で凄く褒められて、一度味見してほしいって言ってたから。褒められたのはソースらしいけど」

そう言って誘ったのか。なるほどね。

「へえ」

けれど、感心したように答えておく。

「不思議だよな。俺、榊って不器用で大雑把な奴だから、料理なんて絶対無理って思ってたんだけど」

脱いだシューズを丁寧に揃えながら、水嶋が言った。

「翔平って、結構、繊細じゃん」

少なくとも、省吾の知っている榊はそうだ。

「俺も、最近になってようやく気づいた」

水嶋は、背負っていたラケットバッグを、どうすればいい？　と視線で尋ねながら少し寂しそうにそう言った。

「バッグは、そこに置いておいてもいいし、奥のリビングでもいい。好きなように」

「了解」

「先、シャワー、使う？」

「いいの？」

「風呂は、リビング抜けて左の奥。タオルは、洗ったのが右上の棚にあるから適当に使って」

「じゃあ、遠慮なく」

バッグはそのまま玄関先の床に置いて、中から着替えを出すと、水嶋は風呂場に直行した。

キッチンから、榊が、お湯は溜めてあるからちゃんとつかって疲れ落とせ、と水嶋の背中に声をかけていた。

母親みたいだな、と省吾は笑う。

省吾は、洗濯ものを洗濯機につっこむと、バッグを自室に運び、それからリビングに戻った。

「手伝う？」

「茶碗とか箸とか、お客さん用の出しておいて」

「ああ」

「飲み物、どうする？」

「アルコールは無理」

榊と省吾は二十歳の誕生日を迎えたが、水嶋は誕生日前なので、未成年だ。

それに、ここから連日試合なのだから、アルコールを口にするわけにはいかない。だよな、と言いながらも、榊はちょっと残念そうだ。

「飲みたいの？」

「まあ」

「じゃあ、翔平だけ、飲めばいいよ」

榊は、思案しながら冷蔵庫を眺めている。

「水嶋が風呂出たら、省吾も入るだろう？」

「ああ」

「なら、見計らってスープを温めるよ」

「悪いな。片づけは俺がやるから」

「じゃあ、頼む」

そう言うと、榊はキッチンに戻った。しばらくすると、水嶋がさっぱりした顔で風呂から出てきた。

「お先に。ありがとう」

「俺も、汗流してくるから、夕食、もうちょっと待ってて」

水嶋は、もちろん、と頷く。

あまり待たせては悪いと、大急ぎで汗を流してリビングに舞い戻ると、榊と水嶋は顔を寄せ合うようにしてなにやら楽しそうに話しこんでいた。

やっぱり、仲がいいんだな。

あまりに楽しそうだったので、もう少しゆっくりしてくれればよかったと思ったほどだ。

「お待たせ」

「じゃあ、スープ温めるから、省吾、サラダ冷蔵庫から出して。あと、パンか米かどっちか決めて、用意して。俺はパンで水嶋は米ね」

省吾も、米にした。試合の後は、どうも米を食べたくなる。

二人分のご飯をよそって、榊のフランスパンをオーブントースターで軽く温める。

「なんか、ちゃんとしてるんだね。二人とも手際がよくてびっくりだよ」

「翔平は半分プロだし、俺は、寮生活で鍛えられてるから」

「けど、寮って、賄いの食事がついてるんだろう？」

「ついてるけど、足りないとか、もっといいもん食いたいとか、先輩に言われればなんとかしなきゃいけないし。みんな順繰りにそういうのをやるから、うまくなるんだよ」

「そうなんだ」

スープとメインディッシュとサラダが一度に食卓に並び、テーブルが一気に華やかになった。

結局、榊はどうしても炭酸の喉ごしが欲しかったらしくノンアルコールビールを選び、省吾と水嶋は麦茶で、お疲れ、と乾杯をする。

食べてほしいと言っただけあって、ローストビーフもそのソースも、とても家のキッチンで作ったとは思えない本格的な味だった。

水嶋も感心したように、何度も、美味しいを連発し、そのたびに榊は満面の笑みを浮かべていた。

食後は、省吾がコーヒーを淹れた。

豆は、榊が、お店から安く譲ってもらってくる。それを、コーヒーメーカーで淹れるだけだが、インスタントよりはずっと香りがいい。

「お前ら、本当にいい生活してんな」

コーヒーを味わいながら、水嶋がしみじみ言う。

「なんなら、もう一部屋空いてるよ」

冗談で言った省吾の言葉に、一瞬、水嶋の視線が迷っていたので、本気で考えたのかもしれない。

「いや、やめておくよ。誰かと住める気がしない」

しかも、律儀に断ってきた。

「それに、シェアしてると女子は連れ込めないから、彼女持ちは嫌だよね」

榊が、からかうようにそう言った。

「別に連れてきてもいいけど」

そんな決まりもないし、だいたい、と省吾は眉をひそめる。

「翔平だって彼女いるじゃん」

ここに来ているのかどうかは知らないけど。

省吾は鉢合わせしたことはない。だけど、なんとなく残り香っぽいものを感じたことはある。省吾にとってはどうでもいいことなので、あえて尋ねはしないだけだ。

「彼女?」

省吾の言葉に、水嶋が驚いて榊を見る。

言ってなかったのか。

そちらに、省吾は驚いた。

「最近、つき合いはじめたんだ。同じ学校の製菓の子。写真見る?」

最近って、去年のクリスマスからだろう?

省吾は少しひどいんじゃないか、と榊に視線を向けたが、榊は、黙っていたことをさらりと流す。

水嶋は、戸惑ったように頷いている。

榊は、スマートフォンを操作して、彼女とのツーショットをアップで映し出した。

「かわいい子だね」

水嶋としては、そう言うしかないだろう。

いや、確かにかわいいんだけど、内緒にされていたことに、ひどくショックを受けているようだ。

「飯島真紀《いいじまま き》っていうんだ」

「今度、紹介してよ」

水嶋の声から、恨みがましさが消えない。

「もちろん。一緒に試合も見に行きたいって言ってるし」

いやもう、翔平、お前は凄いよ。ここまで、親友の恨み言をスルーできるメンタルが。

「じゃあ、勝たないとな」

水嶋が、やっと、という感じで答える。

コートの中では今や無敵の水嶋が、押されっぱなし。ちょっと不憫に感じるほどだ。

「そうだね。今日みたいなのだと、連れて行けない」

榊が、そんな水嶋をさらに追い込むように、冷たい声でそう言った。

それから、真剣な眼差しで省吾を見据える。

今、話せ、っていうことか。

そもそも、そのために、こんなごちそうを作って水嶋を誘ってくれたんだろうし。

省吾は、水嶋を見た。水嶋も、省吾を見た。

どういうことなのか、さすがに、水嶋も状況は察しているようだ。

「俺たちのダブルスのことなんだけど」

水嶋は、諦めたように頷く。

「亮は、たぶん、ダブルスはもういい、と思ってるよな」

「もういいとは思っていない。けど、これ以上強くなれるのかどうか、正直自信がない」

「チームは、強いダブルスを必要としている」

「それはわかっている。でも、俺と省吾のダブルスである必要があるのかな？」

水嶋はきっとそう思っているんだろう、と感じていたけれど、実際口にされるとやっぱりへこむ。

「別の人と組みたいってこと？」

それならそれで仕方ないとも思う。ところが、水嶋はそれにもきっぱり首を横に振った。

「いや、省吾以上の相方がいるとも思えない。お前とダメだったら、他の誰ともダメだろう。もし組むのなら、省吾と他の誰か、と思ってる」

シングルスに専念したい、ということか。よく考えればあたりまえのことだ。

チームがどうのこうのというより、今、水嶋は日本を代表して世界に出て行こうとしているのだから。だけど。

「それって、結構、俺をバカにしてるよね」

「そんなつもりはない。省吾ではなく俺が、ダブルスには不向きだということだ」

水嶋は、きつく唇をかみしめ、下を向く。自分の気持ちをうまく表現できないタイプだから、水嶋はよくこういうしぐさをする。

「けど、全日本では、横川さんと凄い勢いで勝ち上がっていった。湊にいた時も、翔平とはちゃんとやってたよね」

「それは、横川さんや榊が、ダブルスのプロだったから」

ずっと聞き役だった榊が、スッと右手を高く上げた。

省吾は、どうぞ、というように視線を送り、水嶋は少し顔をしかめる。

「お前、進歩なさすぎ」

榊は、水嶋にそう言った。

「は？　何が？」

少しキレ気味に、水嶋は榊を見る。

こんなふうに、感情的に誰かを見ることが水嶋にもあるのだ、と省吾は少し驚いた。

「俺はダブルスのプロだったことはない」

榊の言葉に、水嶋は、複雑な表情を浮かべる。

「俺は、中学の時も湊時代も、あくまでもシングルスの選手だったよ。たぶん、お前と同じチームにいなかったら、きっとシングルスの選手でい続けた」

そうなのか？

そうなのかもしれない。中学時代、何度か向き合った榊のプレーを思い出し、省吾は頷いた。誰かに合わせるバドではなかった。まっすぐで力強く、榊にしかできないバド。

「けど、お前の桁外れの才能に魅せられ、少しでも間近でそれを感じていたくて、自分のバドミントンをすべて捨ててでも、その煌《きら》めきに懸けたい、と俺は思った」

水嶋が何かを言いかけて、榊がそれを左手で制止した。

「そのことに悔いはない。俺自身がそれを望み、出した結果にも満足している。ただ、お前がそのことに気づかないことがムカつく。っていうか、お前は気づいているのに、気づかないふりをしているよな」

「俺の犠牲になったっていうこと？」

「今の言葉を、そういうふうにとること自体、驕《おご》ってるんだよ」

厳しい榊の言葉に、水嶋より省吾がたじろぐ。

「俺は、榊とのダブルスが最高のダブルスだったと思っている。あんなに楽しくて、弾んで、ワクワクするコート、そう誰とでも築けるわけがないんだ」

水嶋は、そんな榊の言葉に逆らうことはなく、ただ、自分の心情を言葉にした。

「省吾は、俺なんか絶対に追いつけない、凄い選手だよ。わかってるんだろう？」

水嶋は、あっさり頷く。

「だから早教大に行った。切磋琢磨するのなら、誰より、省吾のそばがいいと思って」

二人の言葉に省吾は驚き、それ以上に照れ、だんだんこの場にいづらくなってきた。

「ならどうしてとことんやってみないんだ」

「やったさ。やってもダメだったんだ。シングルスは目に見える成果が出ているのに、ダブルスはどうやってもうまくいかない」

今度は省吾が、小さく右手を上げた。榊が、どうぞ、と省吾に発言を譲ってくれた。

「やってない、と俺は思っている」

「一年半、同じコートで試行錯誤したじゃないか」

水嶋は、下を向いたままそう呟く。

「遠慮し合って、譲り合って？」

水嶋は、答えない。

「横川さんに言われた。信頼っていうのは、一方が勝手に崇拝したり、互いが遠慮したりすることじゃないって」

「それは……」

「亮、お前は凄い選手だ。すぐ近い将来、一人で世界とも互角に渡り合えるはず。シングルスのコートにこそお前の居場所があるって、俺だってわかってる。だからきっと、お前がダブルスのコートに立つのは、今のチームにいる間だけだ」

水嶋は、否定しない。

「けどな、だからって俺はお前から逃げ出したくない。っていうかお前と同じ時間と空間を共有できる限られた時間だからこそ、いつだってちゃんと向き合っていたいし、そうしているとは自分では思っている。そのためにこのチームに来たんだから」

「それは俺だって同じだ」

水嶋の言葉に、省吾は首を横に振る。

「でもそれは、シングルスで向き合った時、ってことだよね？」

「まあ、そうだ」

「俺は、同じ気持ちで、ダブルスのコートでもお前と向き合いたいんだ」

水嶋は、何かを考えるように口をつぐみ、テーブルのコーヒーカップをじっと見つめる。その代わり、というわけでもないのかもしれないが、榊が尋ねる。

「どうやって同じコートで向き合う？　省吾にはなんか具体的なイメージあるの？」

「まず、ダブルスのコートでも、俺は自分が活きることに専念する」

「それ、横川さんが？」

省吾は、ああと頷く。

「言われてドキッとした。俺、いつもダブルスのコートでは、自分のことより、どうやったら亮がうまく動けるかばっかり考えていたから」

横浜湊時代の榊とのダブルスでも、あの全日本での横川さんとのダブルスでも、外から見ている限り、そんなバドでこそ、水嶋が活きると思っていた。

「俺もそうかもしれない。省吾をうまく活かすには自分がどう動くか、そればかり考えていた気がする」

水嶋の言葉に　榊が笑う。

「俺と組んでいたことへの反動かもよ。好き勝手しちゃいけない、と逆に思いすぎちゃうのかもな」

省吾も水嶋も、ああと同時に頷く。

何でも過ぎれば、結果は悪くなる。特にコートではバランスが大事。それがダブルスのコートなら、なおさらだ。

「けど、横川さんと、いつ、話したんだ？」

水嶋が、意外そうに尋ねる。

「今日、団体戦の後の個人練習の合間に」

「だからか」

水嶋が、フウッとため息をついた。

「何が？」

「遊佐さんから、変な脅迫ＬＩＮＥがきたんだ」

そう言って、水嶋は、自分の携帯を差し出す。


アドバイスなんて、受けるだけ無駄なんだよ。そんなもんは、全部、初めっから自分の中にあるもんだから。

誰かの世話になる時間があるなら、自分で考えろ。考えて絞り出せ。

それから、人のものに無断で手を出すな。

今度見かけたら、嫌みだけじゃすまないから。


「これ、省吾宛だったんだな」

水嶋はため息をついた。

「意味不明だから、宛先間違えたんだと思って、無視してたんだけど」

「省吾のＬＩＮＥ知らないから、お前に送ったんだろうよ。遊佐さんらしい」

水嶋は眉根を寄せる。

「けど、伝えろ、って一言ないとわかんないし」

「わかると思ってたんだろう？　わかんなきゃ、お前らマジダメってことだよ。実際、わかったし。それに」

榊は含み笑いをする。

「ああ」

水嶋は頷く。

「あの人、本当、変わってないな。怒ってるふりして、いつだって手を差し出すんだ」


自分で考えろ。考えて絞り出せ。


水嶋が、その部分を指で差す。

事情がわかれば、省吾にもすんなりわかる。本当に伝えたかったのはこの部分だけだったということが。

「で、省吾がお前とちゃんと向き合うって決めて、先輩たちがアドバイスをくれて、お前はどうなの？」

榊が、水嶋に尋ねる。

水嶋の顔つきが、それまでよりずっと、穏やかになっている。

「そうだな。もう一度、初心に返ってやってみる。あの湊の体育館で、お前に、俺とダブルスを組むためにここに来た、って言われた時に戻って」

「本当に？」

榊が、懐かしそうに、そして嬉しそうにそう訊く。

「ああ。あの頃より成長したから、もう少しスマートにできるかもしれないし」

「お前に、スマート、とか無理だろう」

榊の言葉に水嶋は眉根を寄せ、それでもフッと笑った。何かを吹っ切ったように。

「とにかく、ダブルスのコートでも省吾とちゃんと向き合う。潰すつもりで」

はあ？　省吾は、目を大きく見開いて水嶋を見る。

「お前、シングルスの時、いつも俺を潰すつもりでやってるの？」

「そうだけど」

水嶋は淡々としていて、榊はにやにや笑っている。

「仮にもチームメイトなんだから、ぶっ倒すぐらいでいいんじゃ？」

潰されちゃ、元も子もないんだけど。

「省吾相手にそんな生温い気持ちだと、こっちがやられるから」

「そっか」

これは喜んでいいのか？

「けどダブルスは同じコートだから、潰し合っても困るよな。そうだな、鎬を削るって感じでいいんじゃないの？」

榊が、若干引き気味の省吾をチラッと見て、含み笑いを浮かべながら言う。

「じゃあ、まあ、そういうことでいいよ」

水嶋が、よろしくと小さく頭を下げる。

「こちらこそ」

省吾も水嶋に頭を下げた。

「成果が出たら教えて。そしたら俺、真紀と見に行くから」

「それまでに、フラれるなよ」

水嶋の嫌みに、榊は、きっぱりこう言った。

「大丈夫。軽い気持ちでつき合い始めたわけじゃないから」

その堂々とした言い方に、水嶋は少しを赤くして、小さな声で「悪い」と謝った。

「何が？」

「お前が好きになってつき合うって決めたのなら、そう簡単に壊れるはずがない、ってちゃんと知ってるのに」

それはどうなんだろうな、と省吾は首を捻る。

好きになったらとことん、ってタイプだけど、きっかけ一つで、こいつはあっさり別れそうな気もする。

榊は、何事においても潔すぎる。

「ああ。だから、二人で強くなって、あの遊佐・横川をやっつけるぐらいのダブルスを見せてよ。ま、とりあえず、ツインズ、やっつけとくか」

そうだな、とりあえず、あいつらだな。

水嶋が、マジ顔でそう言うので、省吾と榊は爆笑する。

「そういえば、省吾って彼女いるの？」

榊が、さりげない体《てい》で尋ねる。省吾が嫌がることをわかっていて。

「いない。たぶん」

できるだけ、どうでもいいように答えた。

「たぶんって何？」

水嶋は首を捻り、榊は笑っている。

「あっちでずっとつき合っていた子はいたけど、こっちに戻って遠距離になってからは、疎遠になって。けど、はっきり別れるとか言われてもないいし言ったわけでもないから」

高校の時も、バドばっかりで、ほとんど一緒にいられなかった。

だけど、教室では毎日一緒。

クラスメイトにひやかされながら二人で昼食をとったり、月に何度か練習のない日は、坂を下って町でお茶を飲んで彼女の買い物につき合ったり。

バド以外になんの話題ももたない省吾に嫌な顔一つしないで、他愛もない話をするだけなのに、楽しそうに笑ってくれた。

クリスマス、遠征で一緒にいられないと言ったら、ちょっと険悪になった。だけど、戻ったら手編みのマフラーを寮に届けてくれていて、そのマフラーを首に巻いて、大急ぎで彼女の家を訪ねた。それなのに用意していたプレゼントのネックレスを持ってくるのを忘れて、何度もゴメン、って謝った。

バレンタインにもらった手作りチョコレート、もったいなくて食べられなくて。そうしたら、同室の三浦が勝手に食べて大ゲンカして。

それから、……早教大に決めたことを打ち明けた時、とても悲しそうな顔をされた。

なのに、彼女はこう言ってくれた。

「バドをやってる省吾が一番格好いい。だから、応援する」

だけど、二人ともわかっていた。距離ができれば、ダメになること。

二人の間にあったのは、それほどかぼそい絆だった。つないでいたのは、教室で目にする彼女の笑顔。きっとそれだけだった。

毎日やりとりしていたＬＩＮＥも、三日に一度、一週間に一度、月に一度。そのうち、音信がとぎれた。

最後は、もう半年以上前だ。きっと、新しい彼氏ができたんだろうな、と心の中では諦めている。

「はっきりさせないんだ」

「した方がいいのかな？　無理にしなくてもいいんじゃないかって思ってる。向こうはきっと俺のことなんかもう忘れてるだろうし」

「だめだな、省吾は」

榊が、偉そうに言う。

「なんで？」

「はっきりさせないと、どっちにしても次に進めない。今まで寂しい想いさせたんだから、きっぱりフラれて、それぐらい背負い込めよ」

「やっぱ、フラれてる前提じゃん」

「そこは間違いない。遠距離で、もう長い間、連絡もとり合ってないなら」

他人の想いにも潔いらしい榊は、あたりまえのようにそう言う。省吾の未練などおかまいなしだ。

「水嶋はどう思う？」

この話題になったとたん、視線を逸らし、知らんぷりを決めこんでいた水嶋に、榊が急に話題を振ったが、水嶋は困惑顔だ。

「俺は、そのままでいいんじゃないかなって」

水嶋が、渋々答える。

「なんで？」

「省吾がやり直したいのなら別だけど。そうじゃないなら、あっちに新しい彼氏とかいたら、今さらウザいじゃん」

そうだよな。俺もそう思う。と省吾は、少しホッとした。

「お前ら、本当に似てるな。そういうとこ」

榊は、省吾と水嶋に冷たい視線を向ける。

「どういうとこだよ」

省吾は、ああそうかもな、と思ったが、水嶋は不満そうに訊き返す。

「ウザいに決まってるさ。けど、それでもウザがられてへこめって言ってんの。曖昧な別れって傷つかないかもしれないけど、ずっと未練と後悔が残るんだぞ。お前だけならいいけど、相手にも同じように」

そんなものなのかな。

男女のあれこれに疎《うと》い省吾にはよくわからない。わからないならこのままでもいい気もするが、口にはしない。また榊に小言を言われるに決まっているから。

「どっちにしても、個人戦終わってからだ。とりあえず、俺たちには俺たちの今やんなきゃいけないことがある」

その代わりに、この場が収まる真っ当なことを言ってみた。

「そうだな。ということは、とりあえず解散だ。水嶋、車で送っていくよ」

榊が、立ち上がった。

「車?」

買ったの？　と水嶋は怪訝な顔つきだ。

「家で使っていたやつ、譲り受けたんだ。父さん、新車買ったから。ここん家の駐車スペースも空いていたしな」

「そうか」

「助かってるんだ。休みの日の買い出しとか、一緒に行ってくれてずいぶん楽になったし」

省吾がそう言うと、水嶋は大きくため息を一つ。

「これがまずいんじゃないの？」

「は？」

「榊のおかげで、なんだかまったり快適で、寂しさもなくて」

しみじみとしたその口調から、水嶋がかつて榊に感じていた感触が伝わってくる。

「だから、彼女とダメになったのかもしれないって気がする。あんまりせっぱつまってなくて、そのうちおざなりになってきた、みたいな？」

そうかもしれない。とにかく、寂しくない、っていうのはとても大きい。

「別にまずくないだろう？　お前の家には両親や姉さんがいて、ここには俺がいる。ただそれだけだ。俺がいようといまいと、省吾の交友関係は変わらないさ」

そう言い切れる自信が、省吾の方にはない。

「そうかな？　ちょっと違う気もするけど」

きっと、水嶋も、いつもこんな感じなんだろうな。

こちらばかりが、榊に頼っている的な？

「まあ、そう焼きもちやくなよ。俺の一番は真紀で、二番目はお前だから」

「何、言ってんだか」

水嶋が、眉根を寄せる。

さあ、そんなことはどうでもいいから、早く靴を履けよ、と榊は水嶋を急き立てる。

省吾は、じゃあ、と手を上げた。

「後片付けは帰ったら俺がやる。お前はもう休め。明日、何時に起こせばいい？」

榊は、省吾へのフォローも忘れない。

「自分で起きるから大丈夫」

けれど省吾は、水嶋にちくりとやられたばかりだから、わざとぶっきらぼうにそう答えた。

いつもは、念のため、榊にも起床時間を知らせておく。寝坊防止もあるけれど、朝早くに音を立てるからという気遣いの方が大きい。

「わかった。さ、水嶋行くぞ」

榊は、あいかわらず敏いので、そこをスッと流す。

「ああ」

水嶋も素直に頷いた。

まったくもって、俺も水嶋も、榊の世話になりっぱなしだが、榊はそれを楽しんでいる風もある。

二人が出て行ってから、省吾は、そうは言われたけれど、やはり食器を片づけておくことにして、手早く洗い物をすませた。

そして、テーブルの上に、今日の食事ともろもろのお礼を簡単に書いたメモを残した。


今日はありがとう。

彼女のこと以外、真剣に向き合ってお前に成果を見せられるよう頑張るよ。

それから、明日は五時に起床します。気にせず、ゆっくり寝ていてくれ。


彼女のことは、そっとしておいてほしい。だって、まだ未練たっぷりなんだ。

久しぶりに、好きだった人の笑顔や喋りかたを思い出し、自分の本当の気持ちに気づいた省吾は、試合の直後よりぐったりし、ベッドに飛び込むように倒れ込んだ。


何でもそうだろうだが、特にバドのように力、技、精神のバランスが微妙なスポーツでは、二人で意識を同じにしたからといって、翌日から目に見える進歩があるわけじゃない。

リーグ戦の残りの戦いの中、試行錯誤を繰り返しながら、省吾と水嶋はダブルスのコートを、シングルスと同じ気持ちで懸命に戦い抜いた。

勝ったり負けたり。

何がどう変わった、というはっきりしたことはまだほとんどつかめていない。

ただ、一つ、かすかな希望。

二人のコートに、今までなかったものが生まれつつあるという感触。すぐに消えてしまいそうな、本当に小さな心もとない感触。それはたぶん、水嶋が榊とともに創り上げたもの、全日本のコートで横川さんに与えてもらったもの、そのどちらとも違うはず。

しいて言うなら、一番近いのは、遊佐・横川のコートかもしれないが、あの二人のレベルにはほど遠い。

意外なことに、そんな二人に頻繁に手を差し伸べてくれたのは、ツインズだった。

何度も、チームの枠を超えて練習相手になってくれた。

「水嶋との友情？　そんなんじゃないよ。ちょっとは手ごたえのあるライバルがいた方が、自分たちがもっと強くなれるからに決まってるじゃん」

太一はそう言って、省吾を笑った。

陽次も笑った。岬って見かけよりずっとお人よしだね、とも言われた。

「俺たち、遊佐さんと横川さんを、一日も早く叩きのめしたいんだ。そのためにできることならなんでもやる。お前らは、俺たちの踏み台だ」

だけど、水嶋は、省吾にこっそりこう囁いた。

「まあ、それもあるだろうけど、どうせ横川さんあたりに、ちゃんと面倒見てやれ、って言われてるんだよ」

榊も、まあそんなところだろう、とやはり笑っていた。

まったく、いつだって俺たちは横川さんの、っていうかその後ろにまだ黒幕がいて、それが海老原先生なんだけど、その掌の上で転がされているだけなんだよ、ということらしい。

「遠慮しないで気持ちよく転がっていればいいんだよ。そのうち、自分の足で飛び出せるようになるから。ならなきゃ、いつも言うけど、それまでなんだ」

ツインズの思惑はどうあれ、とにかく、省吾たちにとって、それは本当にありがたい経験の積み重ねになっていった。

今、彼らに向き合うたびに感じる。

中学時代、自分が思っていたことは、まったく見当違いだったということ。一人で戦えない人間同士がお互いの欠けた部分を補い合うために立つコート、それがダブルスのコートだと、シングルスに目を向けないツインズをバカにしていた。

しかし、そうじゃない。

ダブルスのコートは、一足す一を十にも百にもすることで成立する。

欠けた部分などあってはならない。それこそ、瞬時に潰される。潰されないためにできることはただ一つ。弱みを見せず、常に、攻撃的であること。

ツインズのダブルスは、相手コートの二人を翻弄し、小さな傷を作り出し、いつの間にか大きく崩壊させていくようなゲームメイクが中心だが、向き合ってみてわかる本当の怖さは、超攻撃的な意識の共有にある。

それを同じレベルの技術と体力で、二人は競うように最後の一打までやり抜いている。たとえ一人でも、二人相手に怯むことのない断固とした想い。分け合い重ね合い、さらにそれを大きく飛躍させせながら。

だから、強い。

遊佐賢人のような華麗なプレーはほとんど見当たらない。どちらかといえば大人っぽい兄の太一にさえ、横川祐介のように、心身でパートナーを支える器のデカさはない。

それでも、二人のコートには、遊佐・横川と同じ、もしかしたら、それ以上の絶対に揺るがない核がある。

「前に、とりあえずツインズやっつけとくか、って言ってたよね。あれマジで言った？」

青翔大の体育館に出向き、ツインズと一緒に打ち合った後で、こっそり水嶋に訊いてみた。

「もちろん。夢はでかい方がいい。姉貴に小心者とよくからかわれる俺も、階段を上るにつれ、そう思えるようになった」

揺るぎのない口調。

なるほど。

榊の冗談めかした言いようにつられたけれど、ツインズをバカにしていたわけでも、冗談でもなく、本当に彼らの強さをわかった上で、水嶋はああ言ったということか。

それでも彼らを超えていく、その気概がなければ強くなれない、水嶋はあの時からずっとそう思っていたのか。

やっぱり、俺は、まだまだ甘い。

反省のため息をのみこみ、水嶋にこう言った。

「だったら、なおさらやっつけたいね」

「ああ」

水嶋はきっぱり頷く。

「誰を？」

ふいに、背中から陽次が訊いてきた。

いつの間に？

この双子は、臨機応変に気配を消す術を心得ているらしい。だから、コートの中での存在感がよけいに大きいのかもしれないな、とも思う。

「そりゃあ、お前たちのことだろう？」と水嶋。

元チームメイトだから、水嶋の口ぶりもくだけている。

「無理だね。こんなへなちょこペアにやられるほど、俺たち、マヌケじゃないから」

悔しいが、今は言い返す言葉もない。

水嶋も黙っていた。

言葉ではなく、いつかプレーで。きっとそう思っている。

「陽次、お前、やつあたりすんなよ」

太一が陽次の背後から、やんわり声をかける。

「なにそれ?」

水嶋が太一に尋ねる。

「一昨日、ここで、遊佐さんたちにボコボコにやられて、同じセリフ、言われたんだよ」

なるほど。もちろんそんなことを言うのは、横川さんじゃなく遊佐さんだろうが。

俺たちの先には、高い山がいくつもそびえ立っているということか、と省吾は小さくため息をつく。

だけど、坂は、諦めなきゃいつか上りきれる。努力の方向がわかってきただけでもありがたい、今はそう思って頑張るしかない。

省吾は、水嶋を見て小さく頷いた。

「俺、岬って凄い奴だな、と思うよ」

陽次が、そんな省吾に、唐突に言う。

「何が?」

「お前のこと、俺、怖いんだ」

「はい？」

「ああ、それは俺も」

太一も同じ顔で同じ調子でそう言った。

まったく意味がわからない。

「俺も」

水嶋まで。

「怖いっていうのが正しいかどうかはわからないけど、こいつと向き合うと、今のままじゃだめだ、俺はもっともっと頑張らないと、って焦る」

「なんていうか、いい意味で、不安をかきたてられるよね」

「ホラー映画のヒタヒタ感？　みたいなの」

「気配が迫ってきているのに姿がはっきりしない。いつやられるかわからないって、怖いよな」

褒められているのか？

だとしたら妙な気分だ。

初めて向き合ったその瞬間、水嶋が怖かった。だけど、ちゃんと向き合う術をあの坂道で学んでからは、水嶋だけでなく、どんな相手との戦いも、どんな無様な敗北も、絶望さえ怖くなくなった。

そうしたら、自分が怖がられる存在になっていたなんて。

しかも、こんな天才たちに。

だけど、だからって、彼らを超えていく術は今もわからない。どんなに迫っていたとしても、そのしっぽさえ摑んじゃいないのだから。

そして、ぶつかりあって超えていくまで、まだまだ先は長い。

「俺は、亮も、太一も陽次も、怖くない。でも、それは、俺がまだまだだからだと思う。迫られてくる怖さなんて先を行く者にしかわかんないからさ」

省吾は、素直に自分の感じていることを彼らに告げた。

すると、太一と陽次は、笑みをスッと引っ込めた。そして、じゃあなと素っ気なく言って、背中を向けて行ってしまった。省吾はそれを呆然と見送る。

「俺、なんかまずいこと言った？」

水嶋に確認する。

「いや」

「じゃあ、なんで、二人、急に帰っちゃったの？」

「たぶんだけど」

「うん」

「ヤバいと思ったんだろうな」

「はあ」

「さっきの省吾の発言は、謙虚ともいえるけど、ストイックにも、いっそ貪欲にも聞こえる」

「うーん」

そんなつもりはなかった。

けれど、貪欲だと言われれば、否定はできないかもしれない。

「最近の省吾は、その貪欲さを恥ずかしがることなくさらけだすよね。そういうのって、目の当たりにすると、成長期の真っただ中なんだなあ、って感じる」

「成長期か」

省吾は笑った。

うん？　という顔を水嶋が向ける。

「俺、ずっと自分は早熟で、早く花開きすぎたんだと思ってたから」

天才少年と煽《おだ》てられ、舞い上がっていた日々。

遊佐賢人に、本物とはどういう存在かを見せつけられた日。水嶋に、追い越される怖さを知らされた瞬間。

早熟だったせいで、勘違いしていたのだと思っていた。だけど、比良山で、自分の努力なんてしていたうちに入らないと思い知らされ、厳しい環境の中、もう一度、いや何度でも這い上がるチャンスをもらった。

そして今、どんなにへこんでも、明日の自分を信じようと思える自分がいる。

それはきっと、水嶋と競い合う日々が省吾にくれたもの。まっすぐ上を見て努力を惜しまない、水嶋の本物のストイックさがそばにあるから。

「亮に感謝だな」

だから、水嶋にそう言った。

「なんで？」

「亮は、ずっと成長期だから」

「はあ？」

首を捻る水嶋の肩を叩き、省吾は先に行く。

チームメイトで、パートナーで、何よりライバル。だからこそ、惜しみなくなんだって差し出すけれど、こちらも、十分な手応えを受け取っている。

水嶋はすぐに省吾の背中を追ってきた。

「俺だって、いつも省吾に感謝してる」

そう言って、水嶋は、笑った。めずらしいほど爽やかに。


大学、最後のインカレ。

ようやく二人の想いと地道な努力が実を結び、水嶋とのダブルスは、自分たちのチームはもちろん、ライバルチームからもエースダブルスとして認識されるようになり、それにふさわしい成績もついてくるようになった。

長い目で見ていてくれた尾上さんたちは卒業してしまったけれど、チームの快進撃をきっと喜んでくれているはずだ。ちなみに、尾上さんは母校である比良山高校の国語教師になり、コーチとしてバドミントン部の指導に励んでいる。

団体戦、早教大は危なげなく決勝に進んだ。決勝の相手は、ツインズ率いる青翔大。

この大会を最後に、それぞれ、シングルスに専念する、そう決めている省吾と水嶋にとって、これが、二人のダブルスとして最後の公式戦での戦いになる。

次のオリンピックに向け、水嶋も省吾も、日本代表のシングルスプレーヤーとして、すでに戦いを重ねている。

だからこそ、決めていた。ダブルスは、これで最後。最後にふさわしいゲームにする。

相手コートには、当然、青翔大のエースダブルス、ツインズ。

一段としなやかに成長した彼らと、真っ向から勝負。

望んだことだが、正直、勝てる見込みは少ない。今や、世界各地を転戦しポイントを重ねている遊佐・横川ペアに並んで、彼らも日本代表として世界の舞台で活躍していた。新たなステージでの経験も、ツインズの成長を後押ししている。

だから、優勝を決めるためには、チームとして、当然、オーダーを組みかえるべきだった。ダブルスはお互い痛み分け、そしてシングルスで二勝を。

それが正しいということは、わかっていた。けれど、省吾たちの想いに応えるように、監督もチームメイトも、真っ向勝負を選んでくれた。

挑戦者として、力の限りを尽くす。それだけを自分に言い聞かせ、基礎打ちの後、水嶋と拳を軽く合わせた。

互いのホームポジションにつく。

水嶋の背中、ネットを挟んだ向こうでは、太一と陽次のよく似た顔がこちらをまっすぐ見つめている。太一は、目を眇《すが》め、陽次は、わずかに口角を上げている。

コートの外では見分けがつかないほどそっくりな顔なのに、コートの中に入ると、二人はそれぞれの表情になり、はっきり区別がつく瞬間が、何度かある。

終始、同じリズムをベースにしながら、別々の存在だとはっきりアピールすること、まるで溶け合ったように一つになること。ツインズは、阿吽《あうん》の呼吸で、それを不規則に繰り返す。そして、相手コートを巻き込みながら、彩り豊かな風をコートに生みだしていく。

しかし、このコートでは、彼らのベースのリズムを乱し、こちらのリズムに巻き込まなければならない。

彼らとは別の、水嶋と二人で作り上げてきた精一杯のやり方で。

コートがこれほど楽しいと感じるのは、天才少年と煽てられ、調子に乗って体育館に通っていたあの頃以来だ。

早熟だったのか、遅咲きで、未だ綻び方を知らずにいるのか。

今の省吾には、どちらでもいい気がする。

ここが、一番好きな場所だとわかっているから。ここで根さえ枯らさず踏ん張っていれば、何度でも咲けるはずだ、と今の自分は信じられるから。


ファーストゲーム、ラブオール、プレー。


主審の声が、人影がまばらになった体育館に大きく響く。

水嶋が声をあげ、省吾はそれに呼応する。一呼吸置き、水嶋が、右手でラケットをかまえ、シャトルを左手で摑む。

次の瞬間、相手コートに甘さのかけらもないサーブを打ち込んだ水嶋とともに、省吾は、すでに頂点に近いほど盛り上がっている熱気に、全身全霊でダイブしていった。

本書は二〇一四年二月にポプラ文庫ピュアフルより刊行された作品に加筆・修正を加えた新装版です。

本書の刊行にあたり横浜高等学校バドミントン部の皆さんに取材にご協力いただきました。

バドミントン部監督の海老名優先生、選手の皆さんに心から感謝申し上げます。

新装版《しんそうばん》　ラブオールプレー

君《きみ》は輝《かがや》く！

小瀬木麻美《こせきあさみ》

2021年12月5日初版発行

発行者……………千葉 均

発行所……………株式会社ポプラ社

〒102-8519 東京都千代田区麹町4-2-6

フォーマットデザイン　荻窪裕司(design clopper)

組版・校閲　株式会社鷗来堂

印刷・製本　中央精版印刷株式会社

落丁・乱丁本はお取り替えいたします。
電話（0120-666-553）または、ホームページ（www.poplar.co.jp）のお問い合わせ一覧よりご連絡ください。
※電話の受付時間は、月～金曜日、10時～17時です（祝日・休日は除く）。

ポプラ文庫ピュアフル

ホームページ　www.poplar.co.jp

N.D.C.913/308p/15cm
ISBN978-4-591-17174-5
P8111322

きらめく青春ハンドボール小説!!
小瀬木麻美
『あざみ野高校女子送球部!』

装画：田中寛崇

中学時代の苦い経験から、もう二度とチーム競技はやらないと心に誓っていた凜。しかし高校入学後、つい本気で臨んだ新体力テストで遠投の学年記録を叩き出してしまい、凜はハンドボール部顧問の成瀬から熱い勧誘を受けて……。ハンドボールの面白さを青春のきらめきとともに描き出すさわやかな青春小説。

ポプラ文庫ピュアフルの好評既刊

華麗な謎解きが心地よい、
香りにまつわる物語。

小瀬木麻美
『調香師レオナール・ヴェイユの香彩ノート』

装画：yoco

天才調香師レオナール・ヴェイユは、若くして世界的大ヒットとなる香水を開発した一流調香師。香りに色が見えるという共感覚を持ち、誰にも作れない斬新な香水を生み出してきたレオナール。世界的なヒットを飛ばしたあと、依頼者だけのための香りを生み出すプライベート調香師となった謎多き彼に、主人公・月見里瑞希は依頼状を出すことに——。